魔豆

我，精靈王缺錢！

Elf, foods and save the world!

08

醉琉璃——著

我，精靈王，缺錢！

08

目錄

楔子

明亮澄淨的藍天之下，東海上的一塊灰黑礁岩有如孤島屹立其中。

岩石體積稱不上寬敞，頂多只能容納二到三人。

而在這片深灰崎嶇的石面上，卻躺著一名容顏精緻、堪稱造物主費盡心思雕琢出來的年輕人。

他雙眸緊閉，纖長的眼睫毛連著眼皮靜靜地遮覆住底下的眼珠。綠髮壓散在身後，末端染上一截雪白，像春天綠芽沾著尚未消融的殘雪。

浪花一波波地拍打在礁岩邊緣，如雪花散濺，飛落在綠髮青年白皙無瑕的面容上。

冰冷的水珠從他臉頰淌落下來，轉眼沒入髮間。

綠髮青年仍然毫無動靜，他的眼睫沒有顫動，鼻間沒有勻穩的氣息，就連胸口也不見任何起伏。

無論怎麼看，就像陷入了死亡。

可是他的皮膚又保持健康的色澤和彈性，乍看下只是睡著了一般。

海浪永不停歇地湧上退下，浪潮聲始終環繞在青年左右。

在這處好似被世界遺落的小小角落，驀地響起一道斷續的聲音。

不屬於男人、女人、老人、小孩，那是明確讓人感受到無機質的聲音。

「世界任務……世界任務重新啓動……」

「啓動失敗……」

「再重新啓動……」

「重新……重新……重新……」

最末聲音消散在藍天之下，像是從來不曾存在過。

第1章

正逢初春，日光金亮剔透，但挾裹的溫度卻少了幾分暖意，像是冬天的尾巴仍殘留一絲未褪。

尤其是在地勢偏高的拉瑞蘭山道上，即使是午後，也能感受到揮之不去的寒氣。

靠近塔爾的拉瑞蘭山道是商旅頻繁往來之路，生長在此處的林木則是拉瑞蘭山道的特有種，枝葉四季都相當茂密，樹幹粗碩，朝外延伸出去的枝條扭曲，形成了極適合藏身的自然環境。

對紮根於此的一票山賊來說，再沒有比這更好的打劫地點了。

只不過他們一直都是小打小鬧，不曾造成真正的傷亡，盯上的也都是一些自認倒楣、當作花錢買平安的落單商人，才有辦法順利安身至今，並未引來塔爾警備局或冒險獵人的討伐。

普利德就是這個山賊團的現任首領，他看著由手下送來的塔爾週報，認真研究報上的占卜專欄。

上面寫說，十二月出生的人連日工作運極順，做什麼事都能成功。

普利德是七月出生，但死去多年的前首領，也就是他家老頭，正好是十二月生的。四捨五入一下，他也算是跟十二月有點關係了。

「好，今天就來搶劫吧！」普利德放下報紙，拍板定案，馬上迎來一票手下的歡呼。

山賊們動作很快，立時就在山道上找好躲藏處，準備伏擊可能通過此地的倒楣人。他們還特地換了衣物，每個人身上都穿得金光閃閃，這全是爲了配合環境才選定的顏色。

拉瑞蘭山道的特有樹木叫金扇，葉片如扇，在冬轉春的時節會染上金燦燦的色彩。單從葉子來看，眞的就像一把金扇子。

換上衣物的山賊躲在樹上，與那些金葉融爲一體，乍看之下著實難以察覺到他們的存在。

假如有不知情的旅行者經過，往往便會被偷襲個措手不及。

「不過老大，占卜眞的沒問題嗎？」躲在普利德旁邊的副手壓低音量問。不是他故意質疑首領的命令，而是這場景不由得令他想起去年曾碰上的遭遇，「你還記得嗎？就去年夏天，你好像也是信了占卜，然後我們……」

普利德想起自己副手說的是哪件事了。

就在去年夏天，塔爾週報的占卜專欄說七月出生的人工作運大吉。他以爲是適合搶一票的好日子，誰知道卻偏偏碰上了藏在深林、鮮少露面的虹兔。

別看虹兔的名字有個「兔」字，似乎溫馴無害，牠可是凶暴的肉食性魔物，一腳踹過去能將人踹得老遠，還會嘔出彩虹色的嘔吐物。一旦沾上，虹兔就會在後面窮追個三天三夜不放。

普利德記得他們幾人不但撞上虹兔，還被一個管家打扮的銀髮男人綁成了詭異的姿勢，倒吊在樹上，最後才狼狽地獲得自由。

「呸呸呸！」普利德趕緊斜瞪副手一眼，「那都多久的事了，你說出來是想觸誰霉頭？而且也就那一次占卜專欄不靈而已，後來的不都挺靈的嗎？」

「說、說的也是……」副手摸摸鼻子，識相地不再提了。

宛如在證明普利德今日的運氣確實不錯，他們埋伏沒有多久，就瞧見遠處似乎有幾道人影搖搖晃晃地走來。

立即有一聲尖銳的鳥鳴聲迴響在林間。

普利德一聽就知道，這是藏在最前頭的手下傳來消息。

有獵物上門了！

可緊接著，又是三聲啾啾聲自前方傳來。

普利德眉頭一皺，這個暗號的意思是「情況有些不對勁」。

半晌後，普利德就知道情況哪裡不對勁了。

三條人影正式進入他們的視野，他們走路的樣子就像喝醉了，連直線也走不出來。

但如果僅是三個醉鬼，還不至於和「不對勁」劃上等號。

那三人各自披裹著一條破布，從頭到腳都包在布裡面。陰影遮掩了他們的面孔，無法瞧清他們究竟長什麼模樣。

普利德的手下都在等候他的決定。

普利德磨磨牙，決定還是賭一把，相信塔爾週報的占卜專欄，今天的工作運勢肯定是絕佳的。

……但普利德忘記了，運勢佳的是十二月出生的人。

隨著來人即將接近山賊們藏身的樹下，普利德吹了一聲尖銳的哨音，和手下齊齊自樹上躍下，將那三人包夾在中間，攔堵對方所有逃生之路。

「想保住小命走出拉瑞蘭山道，就乖乖把身上值錢的東西都交出來！」

普利德抽出長刀，亮晃晃的刀尖折閃著危險的光芒，只要再往前逼近一點，就會戳上其中一個目標的鼻子。

離得近了，普利德突然發現被他們當成獵物的人，似乎不像是人。他忍不住瞇起眼，想要看得更清楚一點。

這一看，普利德頓時出了一身冷汗，就連握刀的掌心也變得濕漉漉的。

他根本看不見那人是長怎樣的。

因為對方根本沒有鼻子、嘴巴、眼睛！

普利德倒吸一口冷氣，手跟著一抖，嘴裡正要喊出「撤退」兩字，被他們包圍的三人率先有了動作。

當那三條灰撲撲的破布掉落在地，普利德的手下跟著發出了震驚中夾雜著懼意的抽氣聲。

那分明不是三個人。

是三團有著人形的深藍色膠質物體！

它們通體透藍，乍看像是三大塊擁有人類輪廓的巨大藍色果凍。半透明的身軀可以清楚望見內部的構造，更可以看清浮載在其內的肉塊、臟器碎片，以及零散白骨。彷彿那些都是被吞下肚，尚未消化完畢的食物殘渣。

下一秒，三個藍色人形失去形狀，「嘩」地向下凹扁，成爲一大灘不規則的藍色物體。

幾個山賊被嚇得尖叫著往後跳，凶狠的臉色早已不存，取而代之的淨是驚恐。

普利德終於認出面前的是什麼了。

是魔物藍姆怪！

藍姆怪的危險指數相當高，只要被它們纏上就難以掙脫。它們會將獵物包覆住，從所有孔洞鑽進獵物體內，先吸乾水分，再把獵物慢慢消化殆盡。

「快跑！」普利德腦中的警報瘋狂響動，這不是他們能解決的對手，他們唯一能做的就是即刻把那些東西遠遠甩開。

但普利德的示警終究還是太晚。

他的四個手下跑得不夠快，也或許是沒想過那看似軟趴趴的藍姆怪竟然速度那麼快。他們才跑了幾步，從藍姆怪身上射出的多條藍色觸手就已纏住他們的腳，絆住他們的行動。

「老大救命！」

「老大！」

驚惶的叫喊聲讓普利德反射性回過頭，映入他眼中的是自己手下被吞了大半身體的光景。

「啊啊啊啊！你們這些臭魔物，該死的藍姆怪！」普利德向來重情義，這幾人對他不僅是手下，更是有如兄弟家人的存在。他提著刀咬牙往回衝，朝最近的藍姆怪直接猛力往下劈砍。

長刀像是陷入了一團膠狀物，匯聚在刀刃上的力道跟著四散。

不消片刻，普利德也淪落到與自己手下差不多的處境，只剩上半身還在外面，胸以下都被吞至冰涼滑膩的藍色裡。

整個人被徹底吞噬，也只是遲早的問題了。

普利德一直以為將來他們不是洗手不幹了，就是被警備隊或冒險獵人抓住，卻沒想到居然會成為藍姆怪的一頓大餐。

等等，藍姆怪吞了人……那那些人身上的衣物呢？

普利德驀然想起在藍姆怪體內可沒看見疑似布料的存在。

不妙的預感剛閃過，普利德等人就驚覺到身上傳來異樣。

驚慌失措地低頭往下看，透過藍姆怪半透明的身軀，他們看見自己的衣物赫然正被腐蝕，越來越多破洞出現，只怕過不了多久，就要變得全身光溜溜了。

再聯想到藍姆怪會無孔不入地入侵至體內，把水分通通吸乾，普利德幾人煞白了一張臉，掙扎得更賣力了。

他們撲騰著還沒失去自由的雙手，扯著喉嚨拚命呼救。

「救命！救命啊！」

「有人嗎？救救我們！」

「救命啊——」

淒慘的號叫在山林中迴盪，帶出一陣陣回音繚繞。

也許普利德還是有沾到一點幸運光環的，就在他們被吞得只剩一顆腦袋還在藍姆怪體外之際，他們的視野內出現了三道人影。

普利德眼中瞬間發出希望的光芒。他看得很清楚，那眞的是三個披著斗篷的人，不是什麼怪異或不對勁的存在。

從體型看是兩女一男，其中男人最爲修長筆挺，襯得他的兩名同伴格外嬌小纖細。

「喂！救命！快救救我們！拜託你們救人啊！」普利德立刻用盡全身力氣大叫。深怕那三人不肯出手救援，他還祭出了利誘手段，「我們是來自塔爾商會的商人，只要你們救了我們，我們一定會重金酬謝！眞的！」

「可是老大……」副手使勁仰高頭，像隻魚努力張合嘴巴，「我們明明不是商人，也沒多少錢啊……」

雖然不至於窮到要脫褲的程度，可是重金什麼的，絕對是拿不出來的。

要不是角度不對，普利德眞想給一根筋的副手一枚大大白眼。

都這種時候了，當然是先把救兵騙到手再說！

當普利德看見三人沒有繞開，而是直直往他們的方向來的時候，他只想大呼一聲眞神保佑。

他的幾個手下也露出激動狂喜的眼神，恨不得下一秒就能從這尷尬又隨時可能致命的險境中脫身。

藍姆怪自然也察覺到他人的靠近。

似乎是覺得另一方散發出更誘人的能量波動，三隻藍姆怪居然漸漸從山賊們身上剝離，轉而向那三人挪動。

普利德心中大喜，一發現身上的禁錮鬆動，連忙手腳並用，只想趕緊從這堆詭異的藍色膠質中脫出。

這時他也顧不得衣物被腐蝕大半、差不多要走光了，他用力地抽出腳，正要爲自己的劫後餘生鬆口氣，卻愕然發現藍姆怪還分出一隻觸手死死纏在他的小腿上，擺明就是沒有要放棄自己這個口糧的意思。

不只普利德，他的四個手下也是同樣狀況，藍姆怪壓根不打算放過他們。

「快！快拿刀！」普利德無暇顧及那分散藍姆怪注意力的三人會不會陷入危險，他急忙吆喝手下設法拾起掉落不遠處的武器，想看能不能把這些藍色觸手砍斷。

藍姆怪絲毫不在意這票山賊的小動作，它們對自身的堅固和韌性極具信心。它們的攻擊力雖然比不上更凶暴的魔物，例如同爲拉瑞蘭山道住民的虹兔，可只要一被它們抓住，就別想輕易擺脫，只能乖乖地被它們消化成爲體內能量。

有如三灘扁平巨型果凍的藍姆怪不停往前蠕動。

它們嗅得到那三個斗篷人影的美妙味道，本能在催促它們快點把三人牢牢捉住，再細細地吞下肚，把他們的血肉全都化爲自身擁有。

藍姆怪的動作乍看不算快，易讓人掉以輕心，認爲憑它們的速度根本難以靠近自己，卻不知它們善於僞裝和引誘，藉此降低獵物的警戒心，再出其不意地來個突襲。

那些被它們吃下去的獵物，往往就是因爲一時大意，最後便只能成爲它們身體的一部分。

藍姆怪將速度控制得當，免得獵物心生提防。它們沒有眼睛，但能靠全身來感知。

當它們發現前面的三人竟加快了腳步，主動縮短距離，興奮讓它們的身體不由自主地顫抖。藍色的體表登時掀起一波波顫動，遠看就像晃動的大果凍。

普利德他們使出吃奶的力氣，可不管怎麼砍，藍色觸手堅韌依舊，別說是砍斷了，上面連個切痕都沒出現。

他們不禁感到絕望，假使那三名旅行者也慘遭藍姆怪毒手，那麼他們也別想逃了。

三名披著斗篷、遮著大半張臉的旅行者自然不會知道普利德等人的心聲。

其中個頭最小的女性邁動的步伐最大，像是有一絲迫不及待。

只有離三人近的藍姆怪才能聽見她的自言自語，輕快的語氣乍聽就像在哼著歌。

「要燒掉嗎？通通燒掉嗎？燒成灰嗎？」

落後她幾步的另一名女性像是接話般說著，調子慢悠悠的，猶如一首綿長的歌。

「要關起來嗎？都關起來。」

「不，還是都燒掉好啦！」最嬌小的女性驀地咧嘴一笑，從腰間抽出一柄小木杖，轉眼成了一柄像焰紋盤旋纏繞的醒目法杖。

「是魔法師！」普利德等人驚喜交加，只覺倖存的機率頓時大大提升了。

赤色法杖的頂端平空冒出一團漩渦狀火焰，烈火在空中繞了一圈，頃刻便分裂爲數截，末端尖銳，宛如離弦疾射的多根箭矢。

普利德他們連眼都來不及眨一下，火焰之箭已射向了地面的藍姆怪。

赤色法杖再揮劃一下，瞬間又是多枚火焰之箭緊追在後。

幾乎沒有時間差的雙重攻擊，對大多數魔物都能造成一定程度的傷害。

但這些魔物並不包含藍姆怪。

火焰箭落到藍姆怪身上，卻接二連三地滑開了。

「欸？咦？」女法師拉高了音量，似乎無法接受自己所看見的。

「那是藍姆怪。」比女法師略高一些的女性指手掩唇低笑，白得近乎透明的指尖像是藝術品，「藍姆怪的皮膚不怕火，普通金屬也傷不了它們，所以我才說要關起來。」

「啊啊啊！珍珠妳爲什麼不事先說啦，害珊瑚大人浪費力氣！那我就把它們都搥得扁……瑪、瑪瑙！」珊瑚握緊法杖，姿勢才剛擺出來，眼角冷不防見到一抹人影如閃電掠出。她來不及阻止，只能跺腳發洩獵物被搶的氣憤，「可惡可惡，瑪瑙大壞蛋！」

被指責是壞蛋的男人沒有給予絲毫理會。

只見他幾步便欺近藍姆怪身前，雙手握著小臂長的彎刀，刀刃薄利，閃爍著凜凜寒光。

普利德忍不住想喝阻那人的徒勞無功，他們的長刀都砍不斷藍姆怪的觸手了，更別說那兩把威力看起來一點也不強的兵器。

普利德的喊聲已來到嘴前，但接下來發生的事讓他錯愕地大張著嘴，聲音卻忘記擠出來。

銀光在半空中劃出多道流暢的線條，同時帶出的還有刀刃沒入實體的噗滋聲響。

普利德他們看傻了眼。

遭到實質傷害的藍姆怪更像反應不過來一般，傻愣愣地維持著伏地姿勢。

「怎麼……怎麼可能？」普利德以爲自己震驚得吶喊出聲，可擠出的音量其實弱不可聞。

也難怪這些山賊難以相信自己所見到的景象。

那兩把彎刀不知何時張開更多面刀片，形如羽毛，猶如鳥類展翼，刀身上似有碧色流光一閃而過。

隨著彎刀主人的幾個起落，猙獰恐怖的切口即刻散布在藍姆怪身上，大股大股深藍液體跟著四溢。

兩把小臂長的彎刀，殺傷力竟遠勝山賊們的長刀數倍。

受傷的藍姆怪被激起憤怒情緒，它們光滑的身軀猛烈晃動，分裂出大批藍色觸手，像無數條毒蛇朝敵人竄去。

瑪瑙身手靈敏，他就像輕飄飄的羽毛讓觸手捉摸不著。他沒有繼續對藍姆怪補刀，反而抽身疾退，幾個眨眼就與它們拉出極大距離。

唯有他的兩名同伴才會注意到他指尖微動，不起眼的螢白光點瞬間飄進了藍姆怪的傷口內。

「珊瑚，用妳的火。」與如寶石華麗的名字不同，瑪瑙的嗓音冷得像冰，冷得像是剛開鋒的刃，只要稍一接近，就會被不留情割傷。

「沒問題，通通交給最厲害的珊瑚大人啦！」珊瑚抓著法杖高高躍起，揮下的法杖頂端噴吐出火蛇般的長長烈焰，呼嘯著鑽進了被瑪瑙割開的多條裂縫裡。

沒了表皮的保護，火焰輕易在藍姆怪體內肆虐，烈火熊熊燃燒，轉瞬來到最熾。

藍姆怪在火焰中痛苦地翻滾，但火是從它們體內燒灼出的，無論再怎麼掙動，都甩不開如附骨之蛆的烈火。

掙扎到最後，火裡的身影再也沒了動靜。

當火焰消散，三隻藍姆怪就像被曬乾的蛞蝓，只餘下薄薄的一層藍皮，底下還能見到三顆魔晶石。

「我果然超棒的！」珊瑚開心地拉下斗篷兜帽，咧開的笑容比今日的陽光還要燦爛。

劫後餘生的山賊們不禁看呆了，他們沒想到那女法師會是這麼漂亮年輕的女孩子。

她的眼睛是閃閃發亮的桃紅色，微瞇的眼角透著一分野性。蓬鬆輕盈的白髮垂散在肩上，末端染著一抹艷麗的紅，巴掌大的臉蛋精緻無瑕，就像最細膩的瓷器。

同時引人注目的還有她的尖尖耳朵，那是妖精族的最大特徵。

原來她是一名妖精少女！

「老大，我好像……好像戀愛了……」副手用著作夢的語氣喃喃說。

普利德完全不能體會自家副手的心情，他承認那名少女長得美，但他喜歡的是大胸脯的成熟女性。像這種青澀又分不太出前後曲線的小女生，半點都不能引起他的興趣。

這也讓他還能找回冷靜，應對接下來的狀況。

天價報酬是不可能給的。

他們可是山賊，既然如此，當然是換他們從這三人身上搶一票再說！

「好心的小姐，能不能請妳靠過來一點，扶我們一把？」普利德朝珊瑚露出和善的笑臉，就等無防人之心的少女靠近自己，他立刻就會跳起來，將長刀架到那纖白脆弱的脖子上。

對方是魔法師，近距離不好發揮力量，只要一踏入他的攻擊範圍，就只有束手就擒的命了。

普利德不相信這種年輕的小女生會有什麼近戰經驗。在他的印象中，大多數魔法師只要使不出魔法，就會自亂陣腳，暴露更多破綻。

而一旦他們有了人質，剩下的兩人也不得不乖乖聽話了。

普利德的主意打得很好，但他千算萬算，就是漏算了有種東西叫作——意外。

還沒等普利德抓著長刀暴起，上方突然滴下偌大水滴，「啪」地砸墜在他頭頂上。

他下意識往頭上一抹，發現那水有點黏，放到鼻前一嗅還帶著腥臭味。

普利德仰頭一看，旁邊的手下們同時發出了不成調的悲鳴。

一顆龐大的毛茸茸頭顱不知何時從枝葉間探了出來，幽紅的眼珠倒映出普利德呆愣的臉。牠微微俯下頭，張開的嘴巴可以清楚瞧見兩顆大得能磕下腦袋的板狀門牙。

「虹虹虹……」普利德聲音發顫，連帶身體也在哆嗦。

久居拉瑞蘭山道的山賊們怎麼可能認不出這神出鬼沒的大型魔物是什麼。

是虹兔。

會嘔出七色彩虹，萬一沾到牠的嘔吐物，就會被死追三天三夜不放的肉食性兔子！

最重要的是，牠也吃人！

虹兔的嘴巴越張越大，陰影完全蓋住了普利德和手下慘白的臉。

說時遲、那時快，珊瑚的法杖頂端紅光一閃，不過瞬息之間，一團巨大的火焰集結在前。

「是大兔子耶！那就來一發特大號的火焰彈吧！」珊瑚大笑出聲，眼裡是熠亮的光，像今日的陽光都匯集到她的眼中。她抓著自己的法杖，像扛著槍炮般擱到肩膀上，

「發射囉——砰！」

巨型的火焰彈高速衝出，捲起一陣氣流，來勢洶洶的焰光耀眼無比，高燙的熱度一下就逼至了普利德他們身前。

眾山賊反射性緊閉著眼，腦中一片空白，心中只剩下一個念頭。

死、定、了！

當誘人的烤肉香傳至鼻前，拉瑞蘭山道的山賊們還以爲自己在作夢。

他們不是應該被那個大得嚇人的火球一併燒成灰燼，回到眞神的懷抱了？

可是，眞神的懷抱是充滿肉香的嗎？

那香味饞得普利德幾人快流口水了，濃濃的疑惑讓他們睜開眼，於是發現一名少女正居高臨下地看著他們。

那雙閃耀的桃紅色眼睛讓普利德瞬間想起一切。

他重重地驚喘，從地上爬起，驚惶地東張西望，看見後方躺著一個焦黑的龐然大物，同時也是烤肉香氣的源頭。

他不敢置信地低頭拍拍自己的身體，確認身上眞的毫髮無傷，再扭頭看著那個生前還是隻凶惡魔物的焦黑物體。

普利德終於確認了一件事——他們還活著，而虹兔被烤焦了！

「喂喂喂，在看哪裡？沒死掉的話就把錢交出來，珊瑚大人在命令你們啊。」珊瑚不客氣地用法杖戳著離她最近的普利德，也不管杖尖其實還殘留著火焰的熱度。她看著普利德被燙得嗷叫一聲，臉上笑容更盛。

「別戳他們了，戳死他們也不會掉錢出來的。」清冷冷的女聲自後面傳來，「從他們穿的衣物布料就能看出不是有錢人。也沒有行李遺落在附近，還帶著武器，不像是路過這裡，更像本來就住在這附近……啊，是山賊吧，有聽說拉瑞蘭山道上躲著一群山賊。看樣子是想打劫，但先被藍姆怪攻擊了，之前說的那些話想必也是故意騙人的吧，想要藉此讓我們救他們一命。」

「喔，好無聊喔。」珊瑚登時失了興趣，她手也不掩，大刺刺地打了一個大大的呵欠，懶得再與這群山賊浪費時間，「山賊是壞蛋吧，那可以直接燒掉嗎？」

「不可以！」山賊們嚇得聲音都帶上哭腔了。

在見識到這名嬌小少女竟有辦法一擊就將虹兔烤熟，他們絕不會懷疑對方有這個能力做到。

「小姐饒命，求求妳別燒了我們！我們……」普利德不敢再心存僥倖，他絞盡腦汁，試圖爲自己這方爭得一條生路，「我們雖然沒錢，但是、但是……虹兔的魔晶石可以讓給你們，我們絕不跟你們搶！」

「你好蠢喔，那本來就是我們的。不過……」珊瑚歪歪頭，驀地想到一個好主意，「不過挖出來好麻煩。你們，去幫珊瑚大人把魔晶石挖出來，現在就去！」

在珊瑚的一聲令下，山賊不敢有任何小動作，馬上依言照做。

虹兔體型壯碩，要將牠全身支解、從中找出魔晶石，也是一項大工程。

普利德帶著手下勤勤懇懇地忙碌著，一邊努力抗拒虹兔肉的香氣誘惑。

要知道，虹兔雖然凶暴，但牠的肉是極高等的食材，最有名的料理就是爆炒香兔。

現在，僅是被烈火燒烤過的兔肉就已經散發出霸道的香味。刀子切開烤焦的皮，凝縮其內的淡金色肉汁立刻像小瀑布般湧溢出來，表面還泛著油亮的光澤。

而滲出肉汁的肉塊在高溫下已經變成誘人的深桃紅色，刀尖一入便迅速往下深陷，看得出肉質軟嫩。

山賊們瘋狂呑嚥口水，可礙於煞星還在旁邊，他們不敢偷吃，只能拚命閉著嘴巴，免得口水眞的不小心流出嘴角。

偶爾普利德幾人也會往珊瑚他們所在的方向偷瞄幾眼。

珊瑚的另兩名同伴也揭下了斗篷兜帽，露出他們隱藏在陰影內的容貌。

這一偷覷，山賊們差點又連連發出抽氣聲，顯然沒想到連另外兩人也是妖精族。

妖精族本就以外表出眾聞名，但今天他們碰上的這三名，又難以僅僅用「出眾」來形容。

個頭比珊瑚略高一些的珍珠膚色如雪，柔順的白髮隨意以髮帶繞綁，垂在胸前，近耳邊的一綹髮絲染成大海般的深藍，與她那雙澄亮的淺藍眼眸互相輝映。

她唇畔噙著淡淡的笑，不動時像尊玉石打造的人偶，氣質恬雅又帶著幾分難近的疏離，和洋溢著鮮活生命力的珊瑚截然不同。

而三人中看上去年紀最長、身高也最高的瑪瑙，也是一頭白髮。半長髮絲如皓白雲絮，夾雜著一綹如春芽的淡綠，金色瞳孔彷彿是日光揉碎流淌其中，卻沒有絲毫熱度。

光是站在那，便令人想到山巓上終年不化的霜雪。潔白無瑕，卻寒冷刺骨。

三名妖精就好像是經心打磨過的鑽石，即使周圍金扇樹重重的葉片在陽光映照下明燦金亮，依然蓋不過他們過人的美貌。

珍珠找了個不會被日光直射的空地坐下，她捧著一本書，神情專注。

瑪瑙一下便不見人影，唯有熟知他性子的珍珠和珊瑚才會知道對方又去尋找魔物狩獵了，好獲取更多能換得晶幣的魔晶石。

「好麻煩啊……每次都要用法杖，不能不用嗎？」珊瑚蹲在珍珠旁邊，雙眼盯著那群做苦力的山賊，嘀嘀咕咕地抱怨。赤色法杖縮回最初的迷你尺寸，被她塞回去，「珊瑚大人比較喜歡直接來呀。」

「可以啊。」珍珠翻過書頁，目光抬都沒抬，文字對她總是有著莫大的吸引力。

珊瑚正要一喜，就聽見她慢悠悠地把未盡的話說完，「只要妳讓瑪瑙答應的話。」

珊瑚登時像被霜雪打過的小綠苗，一下子蔫了下去。

「才不要呢。」珊瑚的抱怨含含糊糊，像黏成一團，也可能是她不想讓瑪瑙聽見，「瑪瑙最壞了，他說要是因爲我的關係讓人發現我們不是妖精，就要把珊瑚大人丟下。那不行，我會迷路耶，偉大的珊瑚大人怎麼可以迷路？」

「妳也知道嘛，那就不要抱怨了。」珍珠繼續埋在書中，似乎周圍一切都難以引起她的興趣。

「啊，可是我好無聊、好無聊……山裡又不能亂燒……」

「妳老是會造成森林大火，等妳懂得控制一點才能獨自行動。」

「我又不是故意的，誰教珊瑚大人太強了。喂，你們不准偷吃啊！不然會被珊瑚大人燒得連毛也不剩！所有肉可都是要留給……」珊瑚凶巴巴的氣勢一頓，她迷茫地眨眨眼，「留給……斯利斐爾嗎？」

可是他好像也不愛吃啊。

而且……斯利斐爾也不在了。

珊瑚討厭思考，想不通的東西她一下就全丟到旁邊去。她又打了一個大呵欠，覺得乏悶的她乾脆開始打起瞌睡，那顆毛茸茸的腦袋很快就擱在併立的膝蓋上不動了。

見狀，普利德等人忍不住又生起了一些小心思。他們暗中交換一記眼神，覺得眼下這個時機最適合溜走。

身手俐落的那個不在，火系魔法強大的那個則在打盹；剩下的這一個，看起來嬌弱無力。

他們肯定逃得了。

只可惜他們剛偷偷摸摸付諸行動，殘酷的現實就如一盆冷水往他們頭上澆下——他們才走了幾步就撞上一堵平空拔起的光牆。

普利德等人大驚失色，想也不想地打算從另個方向逃，沒想到又一堵光牆升起。他們不死心地再換一邊，依舊撞上了一堵牆。

眼看三個方向都被阻斷，幾個大男人心頭一顫，惴惴不安地轉過身來，映入眼內的赫然是白髮少女抬起頭，正神色平淡地注視著他們。

「想跑去哪裡？」清泠的少女嗓音像風鈴響動，「要被燒掉？被永遠永遠地關起來？還是說，要給我一些我覺得有用的賺錢情報呢？你們看，只要再加上兩面牆，就像一個封閉的小屋子呢，喜歡嗎？」

珍珠指尖輕輕一挑，第四面光牆升起，不留情地堵住了他們的去路。

縱使上方沒有加蓋，但他們背上又沒有長翅膀，根本不可能逃得出去。

普利德等人嚇白了一張臉，雙腿一軟，跪著向那名看似文弱的少女求饒。

「不喜歡……不不不，是不敢喜歡！」他們忙不迭哀叫著，深怕珍珠眞的將他們關到天荒地老。

「別擔心，我也不想眞的關你們，你們可不值得我永遠關起來。」珍珠輕笑一聲，光牆轉眼消失得無影無蹤。她合上書，挾在臂彎下，徐徐地走近那票跪坐的山賊。

普利德從下方覷望著珍珠幾眼，碰巧瞄見書上的名字，他眨眨眼，差點以爲自己看錯了。

《天價王妃一胎二寶》？

普利德只能說，這書名還眞夠……有特色。

他又再偷看一眼，發現作者叫伊斯坦。這名字他倒是有印象了，記得是相當有名的小說家，出書速度快得讓人懷疑他其實有八隻手或是有八個分身同時在寫。

普利德幾人拚命思索，想著怎樣才能算是稱得上有用的賺錢情報。

賺錢、賺錢……

要是可以的話，他們也想一輩子都有錢從天上掉下來啊！

「啊！」普利德忽然大叫一聲，「當勇者！」

「對對對，勇者！」普利德的副手也恍然大悟地跟著嚷出聲，「只要當了勇者就能獲得終身俸，一輩子都有錢可以領，而且還是很大一筆錢的！不過要做出極大貢獻才有可能升格成勇者，像是拯救國家之類的。」

「可是……」其中一個山賊搔搔頭髮，「要當勇者不是要先成爲冒險獵人嗎？」

「可是我們早就是冒險獵人啦。」珊瑚不知何時醒了過來，她托著腮，饒富興趣地打量跪在珍珠面前的幾個山賊，「你們想逃跑是不是？被珍珠逮到了吧。眞笨，像珊瑚大人我從來不會去惹珍珠的。」

「妳有時還是會惹我的。」珍珠慢條斯理地說，目光仍落在那些山賊上，「沒有其他的嗎？沒有的話……」

「燒、光、光。」珊瑚咧開凶狠笑容，抽出小法杖，杖端「咻」地燃起一束火焰。

見識過珊瑚先前的凶殘，山賊們嚇得瑟瑟發抖，眼淚都快飆出來了。

緊急時刻，還是普利德靈光一閃，驀地從記憶角落裡挖出了一則和錢有關的情報。

「等一下！別燒！別燒！」普利德深怕珊瑚說動手就動手，急忙討饒，「我想到了，還有一個能賺大錢的方法！那是朋友的朋友的朋友跟我說的，是從東海那邊的海賊傳來的。我們山賊、海賊之間都有些聯繫，有時也會交換一些消息。」

見珊瑚還沒有要朝他們扔出火焰，普利德稍稍鬆了一口氣，但一顆心還是懸在半空中。他不敢賣關子，像倒豆子似地把自己知道的消息全說出來。

東海的海賊發現加雅城城主最近有些動作，私下招募人手準備出海。海賊原本以爲對方是打算討伐自己，暗中派人四處打探，終於獲得一些情報。

原來加雅城主有一批下屬在前往某座島嶼時失蹤了，因此他才要組織船隊，派人將那些人找回。還開出了足以讓一般平民不愁吃穿數年的高額獎金，由此可見他對此事看重的程度。

「大概……大概就是這樣了。」普利德知道的也只有這些，再深入的便不得而知。他緊張地瞧著珍珠和珊瑚，希望自己說出的內容能讓她們滿意，「我能保證這個消息的可信度，雖然不清楚獎金的確切數字是多少……但聽說是一大筆晶幣！」

珊瑚吹熄法杖上的火焰，一骨碌站起，「晶幣好啊，珊瑚大人喜歡晶幣，那可以吃飽飽啦！珍珠妳覺得呢？」

「瑪瑙你覺得呢？」珍珠沒有回答，而是把問題再拋出去。

一聽見「瑪瑙」兩字，山賊嚇了一跳，這才發現另一名白髮男人不知何時歸來了。他還是一塵不染，唯有手上的彎刀在滴滴答答地淌著血，另一手則握著一枚剔透的魔晶石。

明眼人都看得出來瑪瑙方才去做了什麼。

普利德吞吞口水，那個大小的魔晶石可不是什麼弱小魔物擁有的，居然有辦法在這麼短的時間內就得手，那名男人的身手恐怕比他預期的還要驚人。

「先回塔爾再說。」瑪瑙把魔晶石拋給珊瑚，他擦去彎刀上的血漬，將刀收起，從頭到尾連一個眼神都沒有投給那些山賊，彷彿他們只是微不足道的路邊石頭。

讓普利德他們來說，他們寧願被當成石頭忽視，也不想成爲那名男人的獵物。

送走那三名猶如煞星的存在，他們的背後幾乎都被冷汗浸濕了。

直到三道人影完全消失在視野中，普利德繃緊的身子才敢鬆懈下來。

「呼，眞要命……」普利德抹抹頭上的冷汗，慶幸他們撿回了一條小命，沒有眞的回到眞神的懷抱。

充分感受到劫後餘生滋味的幾人很快又變得喜孜孜，那些散落一地的虹兔肉可是高級食材。把焦掉的部分切除，就可以拿去賣得好價錢，一部分還能留下來自個兒享用。

然而還沒等他們動手，虹兔肉便先飄出了一股惡臭，聞起來像是已在烈陽下曝曬數日，熏得幾人不禁連退數大步。

這下子，這些虹兔肉徹底喪失了價值，山賊的計畫全部打了水漂。

「不——」

山賊的哀號聲在山中迴響，一路傳到了珊瑚他們耳中。

「嗯嗯嗯？他們怎麼了？哭得眞難聽啊。」珊瑚嫌棄地用手指堵著耳朵，注意到珍珠的目光正好瞥過來，她迅速打直身體，極力為自己申辯，「我才沒有偷偷放火燒他們屁股，我只是想而已，絕對沒有實行的。他們哭那麼慘跟珊瑚大人一點關係也沒有！」

珍珠也不認為山賊的哭喊跟珊瑚有關，她的視線滑過珊瑚，來到瑪瑙臉上，「你做的？你對人還是肉……啊，是肉吧，你讓那些肉加速腐敗了。」

「我們沒帶走的東西，也輪不到別人碰。」瑪瑙不帶笑意地扯動一下嘴角，那雙金澄的眼瞳中除了化不開的冰冷外，還有著一絲惡劣。

遭受接連打擊的山賊自然不會知道虹兔肉腐敗的眞相，他們在山道上哭天搶地。哭著哭著，普利德腦中忽地有什麼一閃而過。

剛剛那名女法師自稱是冒險獵人……

冒險獵人。

都是妖精，名字還都是以寶石來命名。

普利德猛然一個激靈，終於知道那三個煞星是什麼來歷了！

他們正是近來在塔爾大放異彩，備受注目的——繁星冒險團！

第2章

說起繁星冒險團，原本只是名不見經傳的小團隊。

但自從他們數個月前協助羅謝教會鏟除披著慈善外衣、私底下卻販賣人口，並在浮空之島進行奇美拉實驗的慈善院之後，開始嶄露頭角，成爲一顆冉冉上升的耀眼新星。

加上這幾個月以來，他們狩獵魔物的速度超乎尋常，一下就從鐵葉晉級爲銅花。

如同一把利劍終於出鞘，鋒芒畢露，銳不可擋。

三名成員又都是容姿格外出眾的妖精，無論走到哪，都能成爲他人矚目的焦點。

如今，他們已經擁有了一定的知名度。

瑪瑙——繁星冒險團的團長，身手迅如鬼魅，兩把奇特彎刀詭譎難測，所到之處勢如破竹。

珊瑚——擅長炎系魔法，遠程近戰都難不倒她的暴力法師，一出手，就像掙脫了束縛的凶猛野獸。

珍珠——專攻結界，同時也是團隊中的軍師，手上幾乎無時無刻都捧著小說閱讀。

他們三人合作無間，又被外界稱爲「鐵三角」。

不過瑪瑙、珍珠、珊瑚都不是喜歡被人圍觀的性子，他們寧願披著斗篷低調行事，也不想無端引來騷動。

花了兩天從拉瑞蘭山道回到塔爾市，一番簡單休整後，繁星冒險團第一個要前往的目的地就是塔爾公會。

這一天碰巧是錫伍日，雖說仍是塔爾公會的營業日，但今日上門的人非常稀少，無須等候就能順利進入。

被稱爲「南之黑塔」的建築物內沒有平日可見的擁擠人群，只有慘白的骷髏在四處走動。頭骨上兩顆黑黝黝的眼洞就像深不見底的窟窿，行走間，骨頭還會打顫，發出卡卡的聲響。

白色紗幔垂落在大廳裡，桌椅上覆蓋著白色布巾，隨處還能見到白色的花朵及栽種白色指骨的小盆栽。

眼前的一切，讓人產生了走進靈堂的錯覺。

但凡是塔爾的冒險獵人都知道，只要是錫伍日，公會負責人之一的灰罌粟就會召喚出大量骷髏，就連她自己興致一來也會跟著化為其中一員。

誰也不想跟一群陰氣森森的人骨架子打交道，因此這天上門的冒險獵人或是委託人自然最少。

瑪瑙他們卻是見怪不怪，那些在常人眼中和恐怖鬼氣劃上等號的骷髏，對他們而言就像是最稀鬆平常的擺設。

他們一路來到大廳深處，桌前坐著一具單以骨頭來論，相當雪白漂亮的骷髏。後者手裡握著筆，頭骨微俯，看起來在處理工作。

「我們回來啦。」珊瑚脫下背包，笑嘻嘻地將沉甸甸的背包放上桌子，發出沉重的悶響，「通通要換成晶幣，可以換成很多很多晶幣對不對？」

骷髏放下筆，用指骨挑開包包一看，裡頭全是燦爛如寶石的魔晶石。

「可以換不少晶幣。」慵懶優雅女聲響起的同時，坐在桌前的骷髏也變換了姿態，從人骨架子轉眼變成灰髮嫵媚的蒼白女人，「但要很多很多……還不到那個程度。」

塔爾分部的負責人灰罌粟，將處理到一半的工作擱下，手指托著下巴，淡灰的眼睫毛搧動著，同樣淺灰的眼瞳直視三名年輕妖精時，晃漾出一圈柔和笑意，「歡迎回來，珊瑚、瑪瑙、珍珠。」

這裡雖然不是繁星冒險團的住處，但在他們心中，的確也像是另一個家了。

「累死啦！珊瑚大人這次出了好多力氣，絕對比瑪瑙還要多！我都咻咻砰地把魔物解決掉了，我果然很強呢！」珊瑚得意地向灰罌粟炫耀自己在這趟旅行的功勞，說到開心處還手舞足蹈。

「差點引發森林大火，三次。」珍珠慢條斯理地揭了珊瑚的短。

「又不是故意的，是那些樹不好！」珊瑚興高采烈的表情一垮，像是被潑了一身冷水的小狗。

「魔晶石全都要換晶幣。」瑪瑙將背包內的魔晶石都倒出來，桌面頓時一片光華燦爛。

但這些宛如寶石的結晶再怎麼絢爛，與瑪瑙、珍珠和珊瑚相比，依舊遜色幾分。

「還要問一個情報。」瑪瑙說，「聽說加雅城的城主在組船隊出海找人，還會提供獎金……這消息是正確的嗎？」

「你的消息倒是挺快。」灰罌粟挑挑眉梢，「是有這件事。至於詳細內容……約瑟芬，去幫我拿用紅色文件夾裝著的那份資料，在樓上的第三資料室，第四個櫃子第一排那邊。」

一名綁著大蝴蝶結的骷髏往二樓走去。

「你們也想跟著出海嗎？」灰罌粟朝另一名骷髏招招手，要它去準備紅茶和點心。

「海？好玩嗎？會有很多很強的魔物嗎？可以盡情放火嗎？」珊瑚眼神驟亮，滿懷期待地瞅著灰罌粟不放，「珊瑚大人沒去過海上耶！」

「不管到哪裡都不能隨便放火。」灰罌粟用指尖輕戳了珊瑚的前額，「小珊瑚，妳得乖乖的。」

「我明明超級乖的，不信妳問珍珠。」珊瑚信心滿滿地說。

珍珠拿出隨身攜帶的小說，裝作沒聽見珊瑚的話。

「聽說出海找到目標的話，酬勞相當高。」瑪瑙給出了理由。

珊瑚對嚴肅的話題沒興趣，才聽瑪瑙和灰罌粟講了幾句，就跑到旁邊找骷髏玩了。

「嗯，如果我沒記錯，確實是很高的酬勞，起碼有上百枚晶幣。」灰罌粟沒有等太久，就拿到了約瑟芬帶下樓的那份資料。她將文件夾內的紙張抽出，遞給了瑪瑙，讓他自己仔細端詳一番。

瑪瑙低頭看著內容，拉瑞蘭山道的那票山賊沒說謊。

加雅城主為了尋回失蹤的下屬，近期在組建船隊，人員要求有一定程度的實力。以冒險獵人來說，必須是銅花以上的等級才行。

出航日就訂在這個月底。

瑪瑙原本還在考慮，並不一定非要參與那項委託，但聽見了灰罌粟說出的酬勞後，那份猶豫立刻轉為確切。

加雅城主開的報酬實在太高了，那麼多的晶幣足夠讓他們三人吃上好一陣子。

骷髏將沖泡好的紅茶放上桌，為灰罌粟還有三名客人各倒了一杯。淡淡清香漫開，像要滲入人的臟腑。

接著又將一份巧克力熔岩蛋糕放至灰罌粟面前。

它的表面是低調高貴的濃郁巧克力色，上頭撒著雪白的糖粉和閃耀的金箔，一上桌子，就能聞到它的甜蜜香氣。

隨著叉子輕輕將它劃開，隱藏在裡面的流心內餡立刻順勢溢出，就像最滑順的濃黑絲稠鋪展在盤子上，空氣中的巧克力香頓時變得越發濃烈，讓每一次呼吸都能嗅到這份甜蜜的香氣。

這塊蛋糕是灰罌粟獨享的。

不是灰罌粟不願意多準備幾份，而是這蛋糕的全名其實叫「亡靈法師巧克力熔岩蛋糕」。

裡面使用的特殊巧克力只有亡靈法師能夠安然享用，一般人若是誤食，那麼就等著之後成爲亡靈法師的寵物吧。

直白點的說法就是——吃了會死。

瑪瑙接過紅茶，坐到珍珠旁邊細細查看資料。珍珠將小說擱下，跟著湊過去與他低聲討論。

灰罌粟慢慢地啜飲著胭脂色的紅茶，目光望著面前的三名妖精，思緒不自覺越飄越遠，飄到了四個多月前。

沒人知道會發生那些事。

短短時間內，發生了太多事。

爲了調查榮光會的漏網之魚，黑薔薇與白薔薇前往沙魯曼，遇上與神厄同行的繁星冒險團。

繁星冒險團要追查的是沙魯曼的流浪漢失蹤案，種種疑點皆指向了以善舉聞名的慈善院。

而黑薔薇感知到的榮光會人員亦曾現身在慈善院。

雙方人馬目的地一致，直接展開合作，沒想到反而揭露了驚人的眞相。

在沙魯曼市民眼中的大善人，慈善院的創立者——羅傑．布拉茨，居然暗地裡販賣並走私人口。

那些表面上被善心收留的孤兒或是流浪漢，不是淪爲奴隸、雛妓，就是被運上了空中的島嶼。

慈善院在無人查探得到的浮空島上進行著禁忌的奇美拉實驗，培育出戰鬥力強大的合成魔物。

而那些被送上島的人，皆成了魔物的養分。

黑薔薇留在地面上，負責看守慈善院的人，並等候第三武裝教士團前來會合支援。白薔薇則跟隨繁星冒險團及神厄登上浮空之島，一同殲滅羅傑．布拉茨的野心。

可誰也沒想到，就在萬里高空之上……悲劇發生。

身爲瑪瑙、珍珠和珊瑚監護人的斯利斐爾殞落了。

爲了保護從高空墜落的眾人，白薔薇犧牲自己，回歸爲最原始的狀態——黑薔薇製造出的第一個人偶。

經過那次事件，本該是掌心妖精的瑪瑙三人一夕之間長大成人。

掌心妖精在妖精中本就是神祕又罕見的一支，灰罌粟不確定他們會不會出現這樣的變化。

假如不會的話，那瑪瑙他們究竟是……

灰罌粟隱約察覺到他們三人有著祕密，但她並不打算深究。

她只要將他們當成掌心妖精就已足夠。

而也就是因爲他們一夕之間由小變大，在塔爾負責人看來他們仍是須要呵護的小孩子，不免對他們多了幾分關照。

假如讓珊瑚得知灰罌粟內心的想法，她恐怕會忍不住驕傲地大聲宣布：

我們才不是什麼妖精，我們可是精靈！是已經成爲幻想種、只存於傳聞中的精靈！精靈可是很厲害、很厲害的，不用唸咒就可以自由操控元素，使用魔法！

灰罌粟又抿了一口紅茶，感受著茶香和些許澀味在舌尖綻開，最末歸爲一縷蜜香。

正當灰罌粟以爲接下來不會再有客人上門，打算叫一名骷髏去外頭將「本日休息」的牌子掛上，閉闔的黝黑門板外驀地傳來驚天動地的拍門聲。

「開門、開門！美麗動兔、可愛天眞又惹兔憐愛的兔兔小姐來了！」

聽見這吵嚷的喊叫，灰罌粟輕咂了下舌。她揮揮手，吩咐一名骷髏去把厚重的闃黑大門打開。

就在這時，門板從外被開啓了。

伴隨著陽光射入，兩道纖瘦剪影也跟著映入了室內眾人眼中。

接連走進公會的是兩名如同鏡像的少年。

一人黑髮黑眸，白色系的服裝將他的眼珠和髮絲襯得越發漆黑，像是最深的黑夜。

一人白髮銀瞳，黑色系的服裝讓他的雪白更顯無瑕，如冬季的第一場潔淨初雪。

入內的不是別人，正是塔爾分部的另外兩名負責人，黑薔薇與白薔薇。

黑薔薇即使穿著醒目的白色服飾，可內斂寡淡的氣質降低了自身的存在感，就像條容易被人忽略的影子，安靜地由外走進，在看見瑪瑙等人時，輕輕點了下頭作爲招呼。

白薔薇的手裡拎著一隻縫線粗糙歪曲的兔子玩偶，玩偶頭上還繫著粉紅色蝴蝶結。

「太過分了！這樣對一隻淑女兔子太粗魯了！」思賓瑟在白薔薇手中不斷扭動身子，「輕點輕點，兔兔我會掉毛的！就算我表面沒毛，但我的內心可是毛茸茸的，超級可愛的毛茸茸！」

白薔薇充耳不聞，唇邊笑意不變，手上的力道不減也不增，他將掙扎的思賓瑟一路拎到了灰翳粟面前。

「黑薔薇交代過，外面撿到的東西要先給妳過目。」白薔薇將思賓瑟放到桌面。

「誰是東西？你有看過這麼可愛迷人的兔兔嗎！」一獲得自由，思賓瑟立即蹦跳起來，旋身就想給白薔薇來一記憤怒的淑女兔子飛踢。

只是白薔薇早已退開，他回到黑薔薇身後，彷彿將自己當成一道寸步不離的影子。

灰罌粟把思賓瑟腳下的文件抽起，「別亂踩，踩髒了就把妳做成我的寵物……還是算了，妳根本沒有骨頭。」

「兔兔小姐沒有骨頭，但有最棒的棉花！」思賓瑟驕傲地挺起胸，「但我是不會分給妳的，那可是聰明的棉花！」

灰罌粟將手臂擱在桌面上，往思賓瑟站的位置橫掃過去，把它撥到桌子的最角落，表明自己沒興趣聽它廢話。

白薔薇替黑薔薇拉開椅子，看著他坐下後，自己則站在他身後。

白薔薇靜靜地佇立不動，噙著淺笑，神情溫和。可盯得久了，反倒令人不由自主心生悚然。

他的眼睫毛不曾眨動，眼神沒有飄移，就連臉上的笑容也是從頭到尾維持同一個角度不變。

「兔子妳怎麼又來了？妳很閒嗎？從華格那跑到塔爾來玩了？」珊瑚蹲在桌子前，眼睛露出桌面，「妳的搭檔呢？」

「我的搭檔不肯來。好煩好煩，超討厭的啊，就算用一百件小裙子騙他來他也不肯。當然兔子小姐是沒有一百件小裙子的，不過夢裡就有啦！」思賓瑟用力跺著腳，大大的腳掌不停啪啪啪地拍打桌面。

它說的搭檔在場眾人也認識，正是前神厄人員，曾經惡名昭彰的水之魔女。

雖然稱為「魔女」，但路那利其實是男兒身。他只是熱愛一切與美有關的事物，最大的愛好是珍藏美麗少女，最為厭惡的存在就是同性。

因緣際會下，路那利和思賓瑟組成了搭檔，成為了隸屬華格那分部的冒險獵人。

眼看思賓瑟暫時沒有離開的打算，灰罌粟輕吁一口氣，放棄繼續辦公。她伸手招來幾名骷髏，替她將所有文件收拾好，再送來裝滿精緻小餅乾的三層架。

還有骷髏負責將幾張椅子搬到長桌前，讓瑪瑙等人可以坐過來一起享用下午茶。

裝著餅乾的小碟子被一一送到眾人面前，就連思賓瑟也有一份。

瑪瑙、珍珠和珊瑚只拿起一片餅乾，剩下的幾乎同時往同一個方向推過去，就好像要把這些餅乾全部給誰一樣。

他們伸長的手不約而同地停滯幾秒，又慢慢將各自的小盤子拉回來。

這制約行為已經不是第一次發生了。

每當在吃東西的時候，他們總是會反射性地把最大的分量留下來。他們要給……斯利斐爾？反正也不可能給別人。

但斯利斐爾早就……他們無論留下幾次，最後總默默地自己吃完。

「你怎麼不給黑薔薇啊？」珊瑚發現白薔薇在拿到餅乾後沒有要吃，但也沒有其餘動作，彷彿將餅乾當成桌上的裝飾品，「以前的白薔薇都會給的耶。」

「黑薔薇沒有給我這個命令。」白薔薇像是有些困惑地笑了。他側過頭，銀白的瞳孔倒映入那張與他如出一轍的面容，「需要我拿給你嗎？」

白薔薇不是第一次聽見珊瑚對他這麼說。

只是他每一次都不曾執行，畢竟黑薔薇沒下達命令，就代表那不是他必須做的事。

黑薔薇搖搖頭，安靜地吃著自己面前的糖霜餅乾，上面繪製著兩朵漂亮的薔薇花，正好一黑一白。

白薔薇轉回目光，端正地坐在位子上，依舊沒有要進食，餅乾也繼續放在他面前。

唯有熟識的人才會敏銳地察覺到，如今的白薔薇和先前不同了。

他臉上笑容的弧度好像永遠不會改變，銀白的眼珠剔透得沒有絲毫雜質，可同時也沒有一絲熱度。

就好像，他身上屬於人性的部分消失了。

又或者是從來不曾具備。

那名會掛著淺笑，吐出刻薄辛辣話語的白薔薇終究不在了，他在四個月前迎來他的終焉。

現在的白薔薇，雖被賦予了同樣的名字、同樣的外貌……

但種種表現無一不在證明，他只是一具人偶。

由黑薔薇製造出來的新人偶。

塔爾分部須要維持三位負責人的數量，白薔薇的存在不能缺少。

而在那些前來公會的冒險獵人或委託人看來，這名白髮銀瞳的負責人變得比以前溫和客氣，但好似又少了幾分人情味。

「所以妳到底是來幹嘛的？」灰罌粟拿著銀湯匙挖起糖罐內的棕色方糖，一顆顆加入骷髏為她倒來的紅茶裡，灰眸瞥向思賓瑟，心中大抵有了一個猜測。

「兔兔我來幹嘛？」思賓瑟抱著餅乾啃的動作忽地頓了一下，「啊，兔兔想起來了！是翡翠，我要來問你們到底想起來了沒有！」

灰罌粟毫不意外會是這個答案，她看了對面的瑪瑙幾人一眼，瑪瑙和珍珠表情不顯，珊瑚則是一臉露骨的不耐煩，只差沒在臉上寫著「又來了」三個字。

思賓瑟一看大家的反應就知道怎麼回事，它摀著胸口連退幾步，看大家的眼神像在看著負心人。

「你們爲什麼沒想起來？翡翠、翡翠、翡翠啊！」思賓瑟痛心疾首地質問。

「誰啦！」珊瑚撇撇嘴，「才沒這個人呢！」

「啊啊啊絕望了！兔子對這世界絕望了！」思賓瑟扯著自己的兩隻耳朵尖叫，「爲什麼你們就是不肯相信兔子小姐的話？眞的有翡翠，有翡翠這個人！也不對，是這個妖精的存在呀！」

即使思賓瑟歇斯底里地吶喊，其他人依舊無動於衷。

事實上，這已經不只是思賓瑟第一次爲了這個理由找上門。

它口口聲聲說繁星冒險團的眞正團長是一名叫作翡翠的妖精。

那名妖精擁有淺綠如春芽的髮絲、紫水晶似的眼眸，膚白如雪，眼下還有三點水滴形的綠寶石作爲裝飾。

他熱愛美食，唯獨對海鮮過敏，是將瑪瑙、珍珠、珊瑚一手從金蛋中孵育出來的人，也是他們最重視、最重要的存在。

然而這些話在眾人聽來只覺荒謬無比。

如果眞的有那麼一個人，爲什麼他們會不記得？

他們的記憶裡從頭到尾都不曾有過思賓瑟說的那個人物。

瑪瑙、珍珠、珊瑚更是將思賓瑟當成在胡言亂語，從未將它說的放在心上。

他們的監護人是斯利斐爾，陪他們一同成長與冒險的，也是那名冷淡、不近人情的銀髮男人。

無論思賓瑟再怎麼堅稱翡翠確實存在，瑪瑙、珍珠、珊瑚的回答也從來沒有變過。

不認識、不記得、不知道。

思賓瑟是一隻頑固的兔子，它就像和大家耗上了，每個月都要衝來塔爾分部幾次，吵著要他們快點想起翡翠。

「就說聽都沒聽過啊……」吃完餅乾的珊瑚在大廳裡轉著圈圈，像是怎樣也安分不下來的小動物，經過骷髏身邊還時不時抽走人家的其中一根骨頭，然後開心地哈哈大笑，「兔子妳超奇怪的，老是說些奇怪的話，翡翠到底是誰呀？」

「所、以、說！」思賓瑟一步跳上了下午茶三層架的最上層，好讓大家都能正視它的存在，「他就是你們一直喊的翠翠！他長得跟兔子我一樣漂亮，是個超級大美人，還跟我一樣熱愛食物。我都種了一園子的人面蘿蔔，就等著他一起吃！」

「噫，那一定是醜八怪！」珊瑚跑到珍珠旁邊，對著她咬耳朵。她還知道要壓低音量，免得又惹來思賓瑟激動的大叫。

那個高分貝連珊瑚大人都受不了。

思賓瑟完全不懂，爲什麼在四個月前的某一天，大家就忽然不記得翡翠了，就好像翡翠從未出現在他們的生活中。

這好奇怪，眞的太奇怪了！

思賓瑟想破腦袋，連棉花都擠出來了，還是想不明白到底發生什麼事。

它那位最喜歡小裙子和翡翠的搭檔，聽到翡翠這個名字還反問那是誰。就算跟對方說那是他最想收藏的夢幻逸品了，對方只是冷笑一聲，要它沉進水裡清醒一下，大白天就別醒著作夢了。

路那利不屑又傲慢地表示，他只喜歡收藏美麗的少女。

他會想要收藏一個男人？還不如大陸沉沒比較快。

突然間，全大陸似乎就只剩下自己還記得翡翠。

思賓瑟準備將它跟翡翠相處的點滴寫下來，好在日後出書發表，書名它都想好了，

《一隻美少兔與妖精的相識》！

它怕時間一長，萬一連自己也忘記翡翠了該怎麼辦？

被忘記的滋味一定很難過。

思賓瑟抽抽鼻子，發出了響亮的擤鼻聲。它仰起頭，看見一雙雙平淡的眼睛。

唯有漠不關心、毫不在意，才會有這樣的眼神。

思賓瑟心裡清楚，這幾個月以來，只要它提到翡翠，大家的眼神都沒有改變過。

但它也是一隻不服輸的兔子，絕不會被輕易打倒。

思賓瑟雙手扠腰，兩隻長耳朵豎得又高又直。

「算了，早就料到你們還是這個反應。既然如此，那兔子小姐要開出驚人的報酬委

託繁星冒險團了！聽好了，你們要替兔兔我──」

尖細的小孩子聲音響亮地迴盪在塔爾分部內，砸出了強而有力的氣勢。

「尋找翡翠！」

第3章

彷彿永遠不會停歇的火焰在燃燒。

他的眼睫、髮絲被火星點燃，洶湧的烈焰轉瞬覆蓋他的口鼻，將他體內一同燃燒殆盡。

眼前只有無盡的赤色。

接著他墜入黑暗，宛如深深墜入不見光源的漆黑之海。

他睜大眼，什麼也看不見，可下一秒又有無數畫面快速閃爍交錯，就像被按下好幾倍速的加快鍵。

浮空之島、繁星高中。

成爲精靈王的自己、穿著學士服的自己。

小精靈傷心絕望的神情、同學驚恐悲痛的面容。

過去、現在。

地球上的、法法依特大陸上的。

他睜大著眼，就像看著一幕幕無聲播放的電影，身體依舊不受控制地往下墜落，直到他的背抵上了柔軟的觸感。

他像是跌進一團棉絮般的黑暗裡，捲起的闃黑如同攏起的手指，像是下一瞬要將他徹底包覆。

當他這麼想的時候，那些黑色手指一下變了樣貌，成爲燦爛流金的色彩。

他看見金線勾勒出來的大樹成長茁壯，樹幹向上延伸，枝椏不停朝外擴展。它的生長彷彿永無止盡，但它的凋零殞落卻又只是剎那。

絢麗的金光轉眼化成無數熒光，如同流金冉冉飄落。

最後匯集成三顆金蛋。

他想也不想地伸出手，想將在他心中最重要的東西重新攬抱進懷裡。黑暗沒有束縛他的身體，然而在他指尖碰觸到的前一刻——

金蛋消失無蹤。

驚惶在他心裡蔓延，像要將他整個人吞沒。他奮力地擺動身體，試圖從漫天黑暗中尋找丁點痕跡。

這一瞬，黑暗如玻璃碎裂，倒映入他眼中的世界像被切割成兩個。

一邊黑夜下噴湧出火瀑，一邊失控貨車直衝逼近。

刺亮的白光與焰光籠罩全部視野，催命般的尖銳喇叭聲驟響，他瞳孔收縮，目睹自己胸口燃燒起幽黑焰火。

在心臟發出劇痛的同時，兩方世界撕裂寂靜，吶喊聲匯集成驚滔駭浪，重重疊疊，凶猛地朝他淹來。

在他彷彿即將溺斃的前一秒，那些聲音終於突破迷障，貫穿他的腦海。

翠翠——

惠窈！

綠髮青年像溺水者猛然吸到了新鮮空氣，他張開嘴，深深地吸了一大口氣，背部跟著凹成一道曲線，緊接著身體重重彈跳起來，撞到硬物和物體落水的聲音從耳邊掠過，快得像是一場錯覺。

翡翠坐了起來，大口大口喘著氣，腦中亂糟糟的，全是一些支離破碎的畫面，彷彿有隻手粗魯地在他腦子裡大力攪動。

翠翠是誰？

是他，他是翡翠。

那惠窈又是誰？

惠窈是……是……

啊，是成為「翡翠」之前的自己。

翡翠重重喘了一口氣，他能感覺到在拿回自己前世的名字後，腦中好似出現一個箱子。箱子上面扣了一個搖搖欲墜的鎖頭，只要再施加一點力，就可以輕易破壞。

沒有完全閉攏的縫隙內滑出大小不一的碎片，在他的意識之海內載浮載沉。

翡翠可以感知到那些碎片正是他曾經觸及的過去記憶。

總是一身黑西裝的老爸、繁星高中、自小就穿著裙子的自己、漆黑的火焰、有如大魚一般的黑影。

直覺告訴他，箱子內盛裝的是他還在繁星市生活的全部人生。

翡翠沒有急著設法開啓，因爲眼下有更重要的事。

他用力地閉上眼再睜開，低頭看向自己的雙手——白皙無瑕。

讓他自己來說的話，那是猶如藝術品般的一雙手。

翡翠知道自己的手很美，或者說他全身上下沒有一處是不完美的，但這份完美不該出現在一個被烈焰灼燒過的人身上。

他難以置信地上下摸著自己的身體，發現竟完好無缺，沒有哪裡變焦炭，也沒有哪裡傳來要命的劇痛。

不只衣物沒有任何破損，就連雙生杖和眞神出品的包包都完好如初。

所以他現在，到底是活的還是……死的？

翡翠忍不住又摸了第二遍，最後雙手停在自己臉上。他的掌心貼著臉頰，傳來的是一陣熱度。

死人不應該有體溫的，對吧。

翡翠茫然地用手捧著臉，目光傻愣愣地投向前方，映入眼中的是一望無際的海水。

燦亮的日光灑落在不斷起伏的海面上，像大片金箔被搗碎，數也數不清的金光搖曳成閃爍的波光粼粼。

翡翠看見了幾乎連接在一起的大海和藍天，然而他的腦海還沒辦法及時做出反應。

他雖然是看著眼前的景色，卻尚未眞正意會過來自己目前的處境。

他用力捏了一下臉頰，疼痛讓他嘶了一聲，也讓他更加鮮明地體會到……自己似乎是活過來了。

可是爲什麼？爲什麼他沒有死？

翡翠猶然記得那駭人的肆虐火焰，如同要將整片夜空都一併吞噬。

即使赤炎早已消逝，他依舊難以忘記那鑽入四肢百骸、深入五臟六腑的焚燒之痛。

翡翠想破腦袋也想不明白，自己是怎麼從那片駭人大火中生存下來的，又是怎麼跑到海……等等，海!?

下一秒翡翠猛然跳起，視線在身下和身前來回好幾次，終於意識到自己在大海上。

他的頭頂是浩瀚無際的藍天，腳下站著的是一塊灰黑色礁岩，連綿不絕的浪濤聲和海鳥鳴叫聲不時傳入耳中。

翡翠的表情從迷茫轉成震驚，嘴巴也不禁越張越大。

不是，死而復生就算了……爲什麼是重生到海上！

確認過自己是眞的活過來之後，那些被刻意壓抑在深處的問題和不安頓時就像升騰的泡泡般，一股腦地竄上。

斯利斐爾呢？小精靈呢？

瑞比他們有安全地帶著瑪瑙、珍珠、珊瑚回到地面嗎？

時間過去多久了？現在是什麼時候了？

自己還在……法法依特大陸這個世界嗎？

太多太多疑問像要塞爆翡翠的腦袋，他焦慮地左右張望，四下卻只有不見邊際的海洋。

別說人了，就連一艘船也沒見到。

這塊礁岩簡直就像被遺落在大海上的小小孤島，再怎麼極力眺望，都只能見到海天一線。

就算會游泳，翡翠也不認爲自己有辦法隻身橫越這片海洋。

無計可施下，翡翠只得將雙手圈在嘴邊，用盡力氣地大叫出那個讓他第一時間想要依賴的名字。

「斯利斐爾——」

「在下還以爲您重生回來，卻忘記帶了腦子，才會到現在才想起在下。」

熟悉的冷漠聲音，熟悉的冷嘲熱諷。

換作以往，翡翠一定會不甘示弱地回嘴，可現在卻讓他的眼眶控制不住地一熱。

那是……斯利斐爾的聲音！

他還在法法依特大陸！

翡翠像要掩飾心情般用手背揉揉眼角，可語氣比平時高昂了幾分，「斯利斐爾，你還活著！」

翡翠沒忘記在大火將他吞沒的前一刻，他見到了斯利斐爾化爲光點消散的光景。

「正確來說，在下並不適合套用生物的生死概念。但如果照您的想法，那麼是的，在下的確還活著。」斯利斐爾不疾不徐地說著。

「那眞是太好了……」緊繃的弦線驟然鬆放，翡翠忍不住一屁股坐下，「你沒事……瑪瑙、珍珠、珊瑚也沒事吧？」

「他們安全無虞，在下可以保證，公會的人相當關照他們。」

斯利斐爾的聲音再次傳出，可卻遲遲不現身，終於讓翡翠察覺到不對勁。

「你在哪裡？為什麼我沒看到你？你到底躲哪去了？」

翡翠彈跳起來四下尋找，刺眼的日光照得他都快要流眼淚了，但不論他怎麼看，就是沒有找到聲音主人的蹤影。

「您的眼睛是裝飾品嗎？」斯利斐爾嘆了一口氣，「在下在您的上面，您毋須抬頭，在下降落即可。」

翡翠滿心疑惑，他很確定剛才自己的頭頂上空無一物。他沒將這質疑問出口，而是耐著性子等待。

接下來他就瞧見耀眼的陽光中緩緩降下了……一顆銀白色光球。

嗯嗯嗯？光球？

翡翠看著那顆巴掌大的光球在他面前轉了幾個圈，飛至他的眼睛高度前又霍地停住，一動也不動的，就連奚落也沒有吐出半句。

這情況看起來就好像對方因為什麼事而怔住了。

「斯利斐爾，是斯利斐爾嗎？」保險起見，翡翠還是伸手在光球前揮了揮，要是認錯人就有點尷尬了。

光球還是保持沉默，就在翡翠打算試試能不能屈指把光球彈飛，斯利斐爾的聲音驀然再次響起。

「您有覺得身體哪裡不舒服或是和往常不同嗎？」

「什麼？」翡翠一頭霧水，不過想了想，畢竟自己是死而復生，對方會有這個問題也很正常，「沒有，我剛自己摸過一輪了，沒任何不舒服的地方。」

「您確定？」斯利斐爾似乎沒相信翡翠的說詞，「例如您的眼睛。」

翡翠就算再怎麼遲鈍，也能嗅到斯利斐爾問題中含帶的不對勁意味，他忙不迭摸上自己眼角，然而光摸也摸不出什麼。

心急之下，翡翠撲向礁岩邊緣，想藉由海水來觀看自己的模樣，但起起伏伏的海水不斷沖散他的倒影。

也讓翡翠在看清眼睛出什麼問題前，先看見了水底有什麼在急速往上浮出。

翡翠嚇了一跳，飛快往後。當他身體往後仰的同時，海中瞬間有東西破水而出——

伴隨著「嘩啦」水聲，一顆紫色腦袋冒了出來，兩隻像被水浸泡多時、泛成冷白色的手緊跟著攀在礁石邊緣。

這場景乍看下簡直像有水鬼從海裡爬出一樣。

翡翠差點反射性抓起雙生杖往前一掄。

他沒這麼做的原因是那頭如同糾結海草的淡紫色髮絲，以及散布其上的銀色小星星太讓他似曾相識了。

「紫……紫羅蘭，是你嗎？」翡翠試探性地問。

本來只露出額頭的紫色腦袋立時完整冒出，泡在海裡的憂鬱美男子在見到翡翠後立即舒展蹙攏的眉宇，沾了水的藍眼睛像發亮的藍寶石。

「翡翠你醒了！」紫羅蘭撥開遮擋視線的髮絲，剛要衝著翡翠露出欣喜的笑容，卻在對上翡翠的雙眼時，登時轉爲詫異神情，「你的眼睛……」

翡翠心裡一緊，居然連紫羅蘭也問起他的眼睛，他的眼睛眞的出什麼問題了嗎？

「我的眼睛到底怎麼了？」翡翠急急地問，「上面長了花嗎？還是……」

「你的眼睛變黑色了。」紫羅蘭驚訝過後又漾開微笑，「像是海裡的黑珍珠呢。」

翡翠現在覺得自己須要冷靜一下。

沒人告訴他，死而復生還會附帶眼睛變色這個效果的。

他被這意想不到的發展震住了，呆愣好一會，突然迫不及待地一把抓住飄在空中的光球。

「斯利斐爾，眼睛變色會影響什麼嗎？例如該不會過敏源又多一樣，從海鮮增加肉類之類的？」翡翠想到這個可能性，整張臉都煞白了，「拜託告訴我不會！」

斯利斐爾奮力從翡翠掌中脫逃，與激動的精靈王保持一段距離，「您想多了。您的多慮為什麼不用到正事上，而總是用在這種無聊至極的小事上？」

「吃就是人生最重要的大事。」翡翠一臉嚴肅地說。

不過從斯利斐爾的態度來看，他害怕的事情顯然不會發生，這讓翡翠不由得鬆了一口氣。

但是，為什麼眼睛會變黑？翡翠還是想不通，他湊近紫羅蘭，從紫羅蘭的瞳孔中瞧見了自個兒倒影。

果然就如紫羅蘭所說，他的眼睛變成了他更習慣的黑色。

那是他在成爲精靈王之前曾經擁有的顏色。

「在下無從得知您的眼睛爲何會變色。」假如斯利斐爾還保有人形，那麼此刻他的眉宇間必定可以擰出一個結，「您醒來前後有發生過任何不尋常的事嗎？」

還眞的有。

他作了夢，然後想起了自己的名字。

難道說，這就是造成他二度重生後出現異變的原因？

翡翠在意識裡敲了敲斯利斐爾，把這事告訴他，只不過斯利斐爾也無法判定兩者間是否有什麼關係。

「但慶幸的是，即使您瞳色改變，也絲毫不影響您優秀的外在，那是您僅有的優點了。」斯利斐爾做出了結論。

「謝謝你喔。」翡翠白了斯利斐爾一眼。看著那飽滿銀白的球狀物，他忍不住好奇地飛速探出手，食指往上一戳，意外發現彈性極佳，簡直像陷入Q彈的麻糬，「你呢？你又是怎麼回事？爲什麼會變成這樣？」

斯利斐爾不客氣地撞開翡翠的手指，讓彼此的距離更加拉遠，同時低冷聲音進入了翡翠的腦海。

「在下本來該消失了，但看在同源關係上，世界意志最後還是分了一些能量過來。只是能量終究不足，在下也只能維持如今的狀態。」

翡翠慢一拍想起來，世界意志和眞神代理人都是眞神所創。某方面來說，他們估計能算是兄弟吧。

確認斯利斐爾狀況無虞，翡翠憋在心裡的其他問題登時如機關槍一口氣掃射出來。

「那……我是怎麼活過來的？我不是應該已經燒得連灰都不剩了嗎？瑪瑙、珍珠、珊瑚現在究竟怎樣了？浮空之島之後又發生什麼事？還有……」

翡翠沉默一瞬，才用盡力氣地將剩餘的字眼擠出。

「……縹碧呢？」

當這個名字從舌尖吐出，一股像要焚燒臟腑的憎怒跟著竄上翡翠體內。他攥緊了手指，卻難以抑制那因憎恨帶來的顫抖。

翡翠不知道縹碧身上發生什麼事，但他無論如何也不會原諒對方。

倘若不是斯利斐爾轉移縹碧針對的目標，那麼他失去的就是瑪瑙他們了。

「縹碧他現在在哪裡？」翡翠讓自己語氣平緩，可內心像壓抑著隨時會破開地面的熔岩。

斯利斐爾忽地主動往翡翠捏緊的掌心裡鑽，讓翡翠下意識鬆開了在掌心掐出血印的手指。

「他藏起來了。」斯利斐爾停在翡翠手中，「從那一日後，他就銷聲匿跡，在下亦不知道他如今藏在何處。」

「我們會找到他，就算是藏到天涯海角……也一定會把他揪出來。」翡翠垂下眼，將溫度突然上升幾度的光球鬆鬆地攏在掌中，像捧著一簇溫暖的火焰。

這份溫度一路從掌心流竄到他的心臟，讓他掀起的滔天怒意漸漸平息下來。

但絕不會消失，不可能會消失的。

只是像火山暫時停歇，熔岩靜靜地蟄伏在底下。

誰也不能在意圖殺害他的小精靈們後還能安然無事。

待翡翠的情緒稍微恢復穩定，紫羅蘭柔和地為他講述著他想知道的那些答案。

翡翠能夠復活，是紫羅蘭爲他找來碎星的緣故。

碎星源自於星曜之戒，皆是眞神遺落在這世間的力量碎片。

紫羅蘭曾從長輩那聽聞星曜之戒有讓人起死回生的能力，他猜測碎星或許也行。

自縹碧之塔的事件結束後，他就一直在法法依特大陸上四下搜尋。就怕哪一天他的恩人，也就是翡翠，在他未眞正報答恩情之前就出了意外。

沒想到眞的派上用場了。

紫羅蘭獲得碎星不久，還沒來得及知道翡翠死亡的消息，就先和光球形態的斯利斐爾碰上。

當斯利斐爾以光球形態現身，紫羅蘭也察覺到斯利斐爾和翡翠的身分可能不一般，並非如表面上看起來只是妖精與他的侍從。

但紫羅蘭沒打算深入追問，這世界上到處都有奧祕的事情存在。對他來說，他只要能好好報答翡翠的恩情，做到眞正的「以身相許」就好。

他們靠著第一片碎星穩固了翡翠的靈魂，接著又借助東海與西海間的交情，幸運地找到第二片，終於順利重塑翡翠的肉體。

整個過程可以說是有著相當大的運氣成分，倘若只要有一個環節出了差錯，那麼翡翠現在也不可能坐在這邊了。

翡翠由衷感謝紫羅蘭為此做的一切，但他還是忍不住問出口。

「你到底對報恩有多執著啊？居然未雨綢繆到這種地步……不過你早就已經報答過了吧，就是縹碧之塔那時候的事。」

翡翠沒忘記自己當時因力量用盡陷入昏迷，紫羅蘭在斯利斐爾的默許下塞了幾片生魚片到他嘴裡。

食材由紫羅蘭親身提供，不過翡翠一點也不想知道那是取自對方身上哪裡的肉。

「那不一樣。」紫羅蘭認真地說，「我那時也說了，你當下是沒有意識的，雖然我餵你吃了，但在我們極火一族看來，這種行為只是半吊子的報恩，以我們的驕傲是不被允許的。我一定要在你清醒的時候，親自餵你吃下我的一部分，這樣才算是完成真正的報恩。」

……你們有問過你們恩人的感受嗎？翡翠張張嘴，最末還是把這吐槽嚥下。

反正答案肯定是沒有的，看他這個活生生的例子就知道。

在紫羅蘭和斯利斐爾接下來交錯的說明中，翡翠知道了更多事。
從他死去至今，已經經過四個多月。
奇美拉實驗被抹消在縹碧製造的那一場大火中，慈善院也被羅謝教團連根拔除。
當初在浮空之島一同歷險的人們大多各自安好。
瑪瑙、珍珠、珊瑚依舊以繁星冒險團的名義行動，接了不少公會委託，迅速從鐵葉晉升到銅花等級。
一切好似與先前沒太大的不同。
但終究還是有地方不一樣了。
無論是瑪瑙、珍珠、珊瑚、冒險公會的負責人、路那利、瑞比、珂妮，以及曾經接觸過的形形色色的人們……
沒人再記得翡翠是誰。
縱使明白這是自己的願望，可當聽見斯利斐爾不帶感情地揭露這個事實，翡翠還是感到大腦呈現剎那空白，內心深處像有塊地方被狠狠挖空了，那份空虛好似能將他整個人吞沒。

翡翠茫然地看著斯利斐爾和紫羅蘭，好半晌才像尋回發聲的能力。

「但紫羅蘭……爲什麼紫羅蘭你……」

「您的願望是所有認識您的人都將您忘記，而記憶盒子的力量也只在那天啓動、運作。」斯利斐爾說，「但那一天，紫羅蘭堅持他只是隻蝦。」

翡翠後知後覺地反應過來，雙水龍蝦的確不算在「人」的概念裡。

如果照這種漏洞的鑽法，那麼……

「桑回！思賓瑟！」翡翠反射性想到這一人一兔，或者說一羊一兔，「該不會他們也……」

「思賓瑟我不太了解，我們待會就要去找桑回。」紫羅蘭解釋，「在知道他也記得你後，我和他這幾個月都有保持聯繫。」

「我們要怎麼去找他？這裡會有船過來嗎？」翡翠東張西望一圈，放眼所見盡是碧海藍天，連個小小的船影都沒見到。

「比船更好。」紫羅蘭總是自帶一股憂鬱的妍麗面孔浮出驕傲，甚至還微微挺起胸膛，「乘船太慢了，你有更好的選擇，翡翠。」

然後翡翠就聽見面前的紫髮大美人輕聲細語地對他說：

「騎我。」

翡翠懷疑自己聽錯了。

「騎……什麼？」

「騎我。」紫羅蘭展顏一笑。

面對一位紫髮大美人說出這種話，多少會讓人生起幾分遐思。

但翡翠沒有，他完全心如止水。

如果讓一塊大蛋糕或是一塊大牛排對他說出這兩個字，他才會感到熱血沸騰。

接著翡翠就看見這位憂鬱系美男子忽然起身往海中一躍，浪花眨眼吞去了他的身影，下一秒驚人的龐然大物浮現在海面上。

翡翠恍然大悟，原來是這個騎法。

恢復雙水龍蝦原形的紫羅蘭速度奇快無比，在湛藍大海上劃出流星似的軌跡，激起淘淘白浪。

在日光照耀下，那些飛濺的水花宛如皎白的成串珍珠，折閃出美麗的光輝。

不管是上輩子還是這輩子，翡翠都沒想過自己有天會騎著大龍蝦在海上乘風破浪。但不得不說，這滋味真的太刺激了！

翡翠的情緒不由得高亢起來，他雙眼熠亮，像兩簇不滅的火焰。

「我們有很多事要做，斯利斐爾！」翡翠迎著陽光和充滿鹹味的海風，拔高了嗓音，「我們要幫你恢復原來的樣子，要想辦法讓瑪瑙他們的記憶恢復，最後絕對要去揍扁縹碧！」

「不管您想做什麼，您都得先去和桑回．伊斯坦會合。」斯利斐爾無情地打消翡翠的雄心壯志，「您目前唯一專心要做的事，就是別一天到晚想著將他吃掉。」

「桑回不變羊，我就不會想吃他。感覺好久沒見到桑回了，去看他該帶點伴手禮比較好吧……」翡翠摸摸全身上下，最後在包包內找到覺得可以當作禮物的東西，「你覺得我帶一副刀叉去看他怎樣？再加點辛香料好了，孜然和胡椒粒絕不能少，他一定會感動得痛哭流涕吧。」

斯利斐爾像是忍無可忍地嘆了一口長長的氣，下一秒毫不留情往翡翠重重一撞，將沒有防備的他撞下海，好讓他那顆被食欲佔領的腦子泡個水清醒一下。

斯利斐爾看著在海中撲騰的翡翠，想起自己還有一件事忘了說。

瑪瑙、珊瑚、珍珠再也不是精靈王記憶中的小精靈了。

他們如今是大精靈了。

第4章

啾啾的鳥叫聲此起彼落地響著，但落在好夢正甜的少女耳中，卻無疑是擾人清夢。睡在靠窗床鋪的珊瑚無意識地皺緊眉頭。

當鳴叫聲越漸高亢，彷彿正準備匯集成一首氣勢磅礡的樂章，珊瑚「啊啊啊」地大叫一聲，氣勢洶洶地猛力掀開被子，身體從床上彈起。

她猶如野獸般的喊叫嚇跑了停在窗台上的一排鳥兒，牠們慌張地拍動翅膀，轉眼飛得一隻也不剩。

窗邊又恢復安寧了。

珊瑚才正要滿意地躺回去睡回籠覺，就發現她的棉被被一股力道緊緊抓著不放，怎樣也回不到她身上。

珊瑚狐疑地一抬頭，撞入一雙平靜如澄藍海面的眼眸裡。

「該起床了。」早已打點好自己的珍珠微微一笑，雙手卻不留情地一把拽下被子。

「咦——」珊瑚哀號一聲，挺起的身子又想軟綿綿倒下，她緊抱著枕頭不肯離開床鋪，「不要啦，珊瑚大人想多睡一點！」

「誰教妳昨天太晚睡了，起來。」珍珠催促的語調慢吞吞的，但拉扯珊瑚枕頭的動作快得像陣風。

「珍珠妳還不是熬夜看小說！」珊瑚不甘示弱地指責，用四肢緊緊挾抱枕頭不放。

「嗯，我比妳晚睡。」珍珠承認，「但我起得來。」

「別管她了，走了。」在房內的第三人出聲，外貌看起來比兩名少女年紀稍長的白髮男子拎起自己的行李，轉身逕自走至房門前。

「不要、不要，珊瑚大人這就起來！超級快就會準備好的！」眼看瑪瑙的手就要旋開門把，珊瑚慌慌張張地跳下床，像團旋風衝進浴室。

浴室內傳來乒乒乓乓的聲響，珊瑚刷牙洗臉弄得像打戰一樣，不時還能聽見她焦急喊著「不准走」。

珍珠剛拿出一本小說正要閱讀，珊瑚已經衝出來了。

「我好了，走走走！」珊瑚神清氣爽地嚷著，「要去那個劈里啪啦港口對不對？」

步。

「是琵瑟西港口。」珍珠糾正，將書收進自己的包包裡，和珊瑚一同跟上瑪瑙的腳

繁星冒險團的三人此刻要前往琵瑟西港口，正是因爲接下了加雅城主的委託。

他們三人趕來加雅的時間抓得剛剛好，正好趕上最後一批人員的招攬。

由於募集到的人手眾多，這項事務的負責人便將集合的時間地點及詳細解說資料分發給大夥，讓他們當天再到琵瑟西港口集合登船即可。

加雅城主會這麼大費周章地尋求各方協助，主要原因在於一座島。

那座島的名稱是海棘島。

屬於加雅領地，由歷代城主管轄，同時也是魔導具常用原料棘光石的產地。

那裡分布著多條棘光石礦脈，加雅城主會固定派人前去開採，再將棘光石運回加工處理，可以說是加雅收入的其中一個重要來源。

但就在去年夏季，海棘島突然從海上消失蹤影。

是眞的平空消失，就好像那裡從來不曾存在過島嶼。

加雅城主曾多次派人前去尋找，但一無所獲，即使聯繫加雅公會支援，最終也都是

無功而返。

海棘島對於加雅相當重要，此後加雅城主每個月都會派人出海尋找。

直到上個月，曾經消失的海棘島又突然出現。

然而海棘島的周圍卻發生異狀，前所未見的乳白濃霧重重環繞在外，不受天氣變化影響，就好似霧氣是伴隨島而生，只留一道小口讓人得以窺見島身。

島嶼重現讓加雅城主欣喜若狂，但保險起見，他先讓底下一群身手矯健的護衛隊上島偵查，確認島上是否有其他異常之處。

但萬萬沒想到，那支隊伍再也沒有回來。

當時在船上留守的人員耐心等候，可直至過了約定好的日子數天也未見人影回歸，他們終於驚覺不對勁。

但他們只是普通船員，船上的水和糧食亦所剩不多，若貿然闖進，很可能會淪落到和護衛隊同樣的下場。

別無他法之下，他們只好迅速返回，向加雅城主稟報這件事。

這也才會有這陣子對外召集人手的事情發生。

這次委託的內容主要是找回失蹤的護衛隊，要是能查明白霧因何產生，則會再另發放一筆獎金。

繁星冒險團就是衝著這筆高額酬勞才主動應募。

除此之外，他們同時也接下了思賓瑟的委託。

縱使思賓瑟口中說的「翡翠」更像是一個虛構出來的人物，但對方都信誓旦旦地發誓了，甚至還表明要是世界上眞的沒有翡翠，它就把自己的腦袋縫到屁股上。

思賓瑟的委託沒有時間限制，既然如此，這種能賺大錢的機會他們也不會放過。

他們需要更多的晶幣。

只有瑪瑙三人自己知道，他們賺取晶幣不是爲了生活開銷，而是爲了塡飽肚子。

精靈的主要糧食不是其他，正是晶幣。

晶幣不僅可以止住他們的飢餓，也能補充體內魔力，讓他們如呼吸般運用魔法。

集合時間是上午十點，瑪瑙他們住的旅館就位於琵瑟西港口鄰近區域，步行過去不用花太多時間。

他們抵達目的地的時候，距離十點還有半小時。

今天天氣極佳，遠方是澄澈帶著透明感的藍天，不見絲毫雲絮點綴其上。大海與藍天像只有一線之隔，恍惚間還以為它們彼此相連在一起，分不出哪邊是天、哪邊是海。

此刻的琵瑟西港口已排著兩條長長人龍，終點處正是繪有加雅代表圖騰的兩艘大船，克拉克號和加利恩號。

它們看起來雄偉壯觀，船上豎立著五根桅杆，最尾那根掛著三角帆，另外幾根則以橫帆為主。船尾呈巨大弧形，船身線條修長流暢，船上空間起碼足以容納數百人。

港口還停佇著多艘船隻，吆喝聲此起彼落，不停有船員搬運著貨箱從船上下來。人來人往，吵嚷人聲不絕。

瑪瑙他們找到了隊伍末端，跟著人龍不時往前移動。

在外行動時，三名精靈習慣以斗篷將外貌隱於陰影下，看上去低調且不引人注目。人龍消化速度挺快，不到片刻，就輪到瑪瑙他們走上登向加利恩號的便橋。

船上畢竟不比陸地方便，讓人們休息的地方通常都是大通鋪。不過在加雅分部及塔爾分部的特別關照下，繁星冒險團得以分配到一間獨立房。

房間就在第二層甲板上，塞了床鋪和一張小桌後，就沒有太多空間可以行走。

珊瑚一看到狹窄的房間，登時不高興地鼓起腮幫子，「太小啦，床也好擠，根本不夠珊瑚大人在上面滾來滾去。而且還沒窗戶，看不到大海！」

「海很大，看妳愛怎麼滾都行。」瑪瑙將自己的行李放下，惡意地彎彎嘴角，「還能看到妳想看的大海。」

「切，瑪瑙大壞蛋。」珊瑚哼了哼，「以爲我會那麼笨照做嗎？」

瑪瑙回予一聲嗤笑，用來表明自己的態度。氣得珊瑚想要拿法杖搥他的腦袋幾下，但想到自己的速度可能比不過對方，只好悻悻然作罷。

珊瑚才不想待在這種封閉窄小的地方，也不管珍珠和瑪瑙沒有要挪動的意思，一個人就興沖沖地往最上方的甲板跑。

「去盯好那個沒腦子的笨蛋。」瑪瑙專注於整理自己的物品，頭也不抬地說。

「先讓我挑個書，挑完我就上去。」珍珠坐在床緣，低頭翻找著自己的行李袋子，裡頭裝了不少書，大部分都是同一人的作品。

桑回・伊斯坦，這是珍珠至今最喜歡的作者了。

珍珠拿起其中兩本，一時難以定奪。

《高冷獸人撩妳心》好像不錯，但是《呆萌美妻想求饒》似乎也滿吸引人的。

珍珠陷入了兩難，最後決定兩本都帶。瞄見珊瑚亂扔的行李，她嘆了一口氣，決定還是先幫忙把東西收好再上去。

這麼短的時間內，珊瑚應該不至於惹出什麼麻煩。

她可是有事先向珊瑚叮囑過了，在船上盡量忍耐一下，不要惹事生非，否則就等著被她用結界關起來別想外出。

而事後證明，珍珠放心得太早了。

船上四處鬧哄哄的，來自各地的冒險獵人齊聚一堂，各層甲板和通道內都能看見有人走動。

但還是以最上層的上甲板聚集最多人，大家都想待在這呼吸新鮮空氣，而不是窩在陰暗的房間內跟一群人擠在一塊。

船上除了冒險獵人和船員，還有一批隸屬加雅的雇傭兵。他們和加雅城主簽訂了契約，長期駐守加雅，協助保衛加雅的安危，有棘手問題也會找他們一併處理。

珊瑚把斗篷兜帽再拉低一點，她謹記著珍珠的交代。

可有時候，她不去惹麻煩，麻煩卻會自動找上門。

珊瑚靈巧地穿過三三兩兩聚在一起的人群，想找個空曠一點的地方欣賞大海。

這還是她第一次登船出海，滿心期待著想看看大海的壯闊。

而且她聽說天氣好的時候，海上有機會能看見金沙海豚。

金沙海豚的背部和背鰭散布金色斑紋，日光照耀下猶如點點金斑，故有金沙之名。

珊瑚早就想見識看看了。

她憑藉著敏捷的身手順利來到船邊，個子嬌小的她還沒踮起腳尖朝海面搜尋，驟然感受到身後空氣震動。她反射性往旁一閃，躲過了一個從後撞來的壯碩男人。

「搞什麼啦！」珊瑚氣惱地抱怨，瞧見那人背對著她，正和同伴高聲聊天，完全沒發現她的存在，更別說聽見她的聲音了。

珊瑚可不是什麼好脾氣的人，她的個性就像她最擅長的火焰魔法，粗暴且直來直往，不過這一回她有謹記著珍珠的交代。

她可不想在船上還被關小黑屋，那樣實在太慘了。

珊瑚的手指握了握，忍下抽出雙生杖的衝動，暗中使了個小動作。

男人立時腳下一踉蹌，重心不穩，要不是旁邊同伴及時抓住他，只怕就要當場狼狽地往前摔倒。

「誰！哪個王八蛋做的！」男人氣急敗壞地想尋找凶手，他的衣服上繡著徽紋，正是加雅的雇傭兵。

在別人眼中他似乎是自己粗心，可唯有他明白，自己的腳是被誰絆了一下。

身邊都是熟識的同伴，他很快就把目標鎖定在裹著斗篷的珊瑚上。

「喂！是不是你這臭小子！」他粗魯地想往珊瑚的肩膀推。

珊瑚靈敏避開，這時海上驀然颳起一陣強風，吹下了她的兜帽，也露出她那張漂亮明艷的臉蛋。

那雙尖長的耳朵也跟著闖進傭兵們的眼中。

「是妖精……」有人喃喃地說。

乍見對方竟是個美麗的妖精少女，本來粗聲粗氣的男人頓時改了態度。

「算了算了，我就大度地不跟妳計較了，不過妳得陪我們幾個聊聊天才行。」

「啊啊啊？」珊瑚這下可不想忍了，她每天面對的都是自己和珍珠、瑪瑙那麼精緻的容貌，眼前這幾個長得像歪瓜劣棗的傢伙多看幾眼就覺得刺目，「滾遠一點，你好臭啊！身上的臭味都飄來我這了，不要把我也熏臭了！」

「妳說什麼？」被人當面這麼羞辱，那名壯碩傭兵登時勃然大怒，「妳這臭ㄚ頭，不要給臉不要臉！」

「喂喂，別鬧了。」傭兵的同伴連忙將人拉住，「你忘了隊長交代過的嗎？船上不准鬥毆鬧事。」

這處角落的騷動不大，但還是引來附近冒險獵人的好奇心。

看熱鬧本就是人的天性，很快就有一批人圍靠過來。

眼看紛爭一觸即發，一名裹著暗色大衣的男人倏地介入雙方之間。

他擋在珊瑚身前，讓珊瑚只能看見一道孱弱背影和砂金色的頭髮，那顏色在太陽底下就像被曬得發亮的溫暖沙粒。

「妳沒事嗎？」男人回過頭，那張蒼白得過分的臉龐映入了珊瑚眼中。

「哇喔！」珊瑚瞪大了眼，「你看起來好像快死掉了耶！」

不能怪珊瑚這麼說，誰教男人一臉病容，臉色蒼白如紙，嘴唇缺乏血色還有點泛紫，不管任誰來看，都會覺得這是個病重之人。

「而且你……看起來也很眼熟耶。」珊瑚的手指抵著嘴唇，絞盡腦汁地思索著。

砂金髮色的男人對著珊瑚露出笑，又轉回頭，「咳咳……你們住手，對一名女孩子出言恐嚇算什麼男人？」

「你又是哪來的短命鬼？少來多管閒事！」傭兵的火氣被挑得更盛，伸手就想把像是風吹就倒的病弱男人推開。

霎時他眼前銀光瞬閃，伸出去的手僵硬在半空中，就連整個身體也硬得像座雕像。

「不要靠我太近，咳咳咳……不然我不能保證我的身體本能會做出什麼事。」砂金髮色的男人一手掩嘴咳嗽，另一手握著一枝筆，可該是筆尖的位置被銳利刀刃取代。

此刻那枝筆刀就紋絲不動地貼在傭兵頸側，只要稍一施力，就會見血。

見情況不妙，傭兵的同伴連忙打著圓場，「不好意思、不好意思，這傢伙被太陽曬得昏頭了，才會一時衝動。」

「啊，珊瑚大人想起來了！你是桑回！」珊瑚總算從塞滿太多東西的記憶裡翻找到男人的名字。

緊接著陸續幾個冒險獵人也認出他的身分，聲音裡混雜著震驚和詫異。

「桑回．伊斯坦！」

傭兵們或許認不出男人的臉，然而當那個名字被喊出來，他們立即反應過來對方的身分。

桑回．伊斯坦，華格那分部的負責人。

誰也沒想到冒險公會的負責人居然會參加這項任務。

接著就見桑回冷不防又一陣猛烈嗆咳，一口鮮血霍地噴出，滴滴答答落在甲板上。

傭兵們臉都嚇白了，偏偏桑回的臉色看起來比他們更白，似乎下一秒就會倒地。

他們深怕再多留片刻，華格那負責人出事的責任就會甩到他們頭上，忙不迭慌張地遠離此處。

桑回則像沒事人一樣擦擦嘴邊的血，身體雖然晃了晃，但很快又穩了下來，沒有眞的向前一栽。

在珊瑚的記憶中，這人總是一副要死不活的模樣，咳嗽和咳血像是必備技能，但到現在他依舊活蹦亂跳。

「只有妳一個人？」桑回轉頭看了看，沒發現另外兩名繁星冒險團的成員，「咳咳咳……咳咳……珍珠和瑪瑙呢？」

「他們在房裡，但房間太無聊啦，不過上來好像也很無聊。」珊瑚哀聲嘆氣，「都沒看到有趣的，沒有金沙海豚。」

「現在離岸邊還太近，要遠一點的海上才可能見到。」桑回和人說話時聲音都是有氣無力的，似乎下一個呼吸便會喘不上氣。

「喔……」看不到金沙海豚，珊瑚興致驟減。她看到一抹熟悉人影在甲板上遊走，立刻舉起手熱情呼喊，「這裡、這裡！珍珠，偉大的珊瑚大人在這裡！」

桑回瞧見被斗篷包覆得只餘半張小臉在外的人影慢悠悠前進，神奇的是她還低著頭、捧著書，偏偏好像頭頂長著眼睛一樣，行走間完全不受阻礙。

走得近了，桑回才發現珍珠手上拿的書格外眼熟。

「珊瑚妳沒有惹事情吧。」珍珠終於抬起頭，素來平靜的藍眼睛在望見桑回時不禁瞠大，罕見的情緒在她眼內湧動。

大概只有珊瑚看得出來，那叫激動。

「伊斯坦先生！」珍珠連柔細的嗓音都多了幾分起伏，「好久不見了，你上個月剛出的新書我已經拜讀，一樣非常有趣。男主角的霸道不講理及愚蠢表現得淋漓盡致，對女主角的強制愛手段也很新奇，用美食將女主角養胖，讓她對食物沉迷無法自拔。當她發現時已胖得跑不動，男主爲了表示眞愛也跟著一起吃胖，這部分眞的很精彩呢！」

「哪裡啊……珊瑚大人只覺得好蠢喔。」珊瑚嘀嘀咕咕地說，還不敢放大音量，不然珍珠就會用冷冰冰的眼神看著她，直到她對這些蠢故事道歉。

「謝謝妳的……咳咳咳，咳咳咳咳咳！」一股癢意衝上喉嚨，桑回摀著嘴劇烈咳嗽，好半晌才緩過來，把剩下的話說完，「……喜歡。」

「可以請你幫我簽名嗎？我帶了好多你的作品到船上。」珍珠的雙眼比晃動著波光的大海還要閃亮。

沒有一位作者會不喜歡熱愛自己作品的書迷，桑回自然也不例外。他努力撐住有些搖搖欲墜的身子，露出了蒼白的笑容。

珍珠的微笑倏然凝住，她藍眼睜大，盤踞在她眼中的情緒不再是喜悅，而是驚愕。

桑回從珍珠的表情判斷出有異，他反射性回頭，缺乏血色的面孔跟著神情驟變。

萬里無雲的晴天，不祥又突兀的黑色將這份平靜的湛藍不留情地撕裂。

點點黑屑不知何時從高空中冉冉落下，有如一場不合時宜的雪。

黑色的雪。

不只珍珠、桑回看見了，更多的人也注意到船身左後方海上的景象。

有人倒抽一口氣，有人面色惶惶地大叫出聲。

「黑雪病！」

隨著這三字響徹船上，上甲板轉眼陷入騷動。

本來悠悠哉哉的眾人瞬間鳥獸散，爭先恐後地跑到第二層或第三層甲板。

縱使知道黑雪出現時只會固定下在某個區域，不會移動，但海面風大，倘若黑雪順著風飄過來，極有可能就會沾附在自己身上。

不怕一萬，只怕萬一。

誰也不願意那個萬一就發生在自己身上。

黑雪病，這是由羅謝教會命名的古怪疫病，在四個多月前正式被世人所知。

而造成黑雪病的源頭，就是來歷不明的黑雪。

南大陸四大城已投入大量人力，試圖從獲得的黑雪中分析出組成結構，發現一半成分是暗元素，另一半是他們辨認不出的未知物質。

至今經過多次實驗，仍無法得出黑雪為何會對大陸上的生物造成如此駭人的傷害。

黑雪出現的時間地點皆不定，無法確切掌控。

一旦被黑雪沾到皮膚，或誤食被黑雪碰過的食物，就會像是感染了毒素。毒素會隨著時間逐漸在體內增加並擴散，接著皮膚表面會漸漸浮現出黑斑或黑紋。

這些漆黑的紋路亦會隨著時間蔓延，等體內毒素累積到一定程度、身體再也負荷不了，就會崩潰成灰。

需要多久才會化成灰，則視生物體質的強弱而定。

可最教人毛骨悚然的是，碰觸過黑雪後又再度接觸到的話，就會提早迎來成灰的恐怖結局。

船員必須堅守崗位，不像其他人可以躲到船艙，但他們也紛紛披上防水的斗篷，降低被黑雪沾附的危險。

不到片刻，上甲板除了船員，就只剩下珍珠、珊瑚和桑回仍然留在原地。
就算是性格跳脫的珊瑚這時也安靜了下來。
他們沉默地看著黑雪在遠方飄下，看著黑雪落入海裡，轉眼又被晃動的浪滔吞沒……

第5章

在船上的時間似乎過得特別緩慢。

海上航行來到了第三天，桑回卻已覺得像是被拉長成多日，好在他還能靠記錄與寫作排解無聊。

桑回沒有頻繁地去找繁星冒險團，但暗地裡還是有在留意他們的動向。

無論怎麼說，他們在四個月前都還是小孩子。即使如今長大成人，但在他眼中還是得多加關照才行。

更何況……他們也是翡翠留在這世界上僅存的家人。

翡翠。

這個人名浮出，桑回不由自主地停下創作，筆尖在紙上將那兩字慢慢地書寫出來。

日核礦映亮桑回缺乏血色的病容，也映出他盛載在眸底的憂愁。

在桑回的記憶裡，翡翠是個外貌昳麗，從頭到腳精緻得宛如藝術品的綠髮妖精——

除了個性實在有些一言難盡。

對，在他的記憶裡。

卻不存在於他同伴們的記憶當中。

桑回喝了口水，揉揉發脹的太陽穴，至今仍是難以理解四個月前究竟發生了什麼，才會一夕之間讓翡翠的存在從人們記憶中消失。

別說是公會的同事了，甚至就連和翡翠關係最親密的瑪瑙、珍珠、珊瑚都不記得他是誰。

桑回忘不了那時感到的震驚。

在他得知白薔薇和斯利斐爾殞落後，憂心忡忡地問起翡翠他們的狀況，卻從烏蕨和春麥口中得到了納悶至極的反問。

「翡翠？翡翠是誰？」

桑回起初還以為春麥在開玩笑，可她的表情絲毫沒有玩笑的成分。

這讓桑回完全愣住了，他怔怔地看著春麥的臉，看出對方再認真不過的態度。

她真的不知道翡翠是誰。

詭異的發展讓桑回泛起了寒意，他暗中對認識翡翠的人旁敲側擊，結果得到的都是同一個回應。

他們不記得翡翠，對方存在的痕跡徹底從他們腦海中抹去了，就好像對方從未存於法法依特大陸上一樣。

以瑪瑙、珍珠和珊瑚爲例，在他們認知的過去裡，將他們從金蛋養育出來，並一路陪伴的是斯利斐爾。

繁星冒險團一直都只有四名成員，如今只剩下三個人了。

桑回隱約覺得，恐怕是一股未知的龐大力量修改了眾人的記憶。

但那力量屬於誰、又是從何而來……顯然是他無法觸及到的領域。

四個月以來，他走遍大半南大陸，終於發現不是所有認識翡翠的人都沒了關於他的記憶。

除了自己，還有兩個人記得他。

不，說人也不盡然全對。

一個是咒殺兔子思賓瑟，一個是東海皇族的紫羅蘭。

桑回稍一琢磨，就找出了他們之間的共同點。

都不是完全的人類，還有一個連人都不是。

當他進一步詢問，才發覺在四個多月前，紫羅蘭和自己正巧都是以原形在海上與陸上行動。

思賓瑟的情緒一向太過激動，行事上也較爲偏激，桑回沒有向它表明自己記得翡翠的事，只選擇與紫羅蘭保持了聯繫。

而就在上個月，他收到來自紫羅蘭的通知。

有關翡翠的。

桑回對翡翠的觀感頗爲複雜，他覺得他們彼此稱得上是朋友，但後者可能更樂意將自己視爲……食物。

這就是讓桑回糾結的地方。

畢竟誰也不想每次碰面時，都被朋友用虎視眈眈、充滿食欲光芒的眼神緊盯不放。

桑回喝了幾口水，喉嚨衝上癢意，讓他撕心裂肺地咳了一陣，手掌放下後，上面還沾著刺眼的斑斑血跡。

桑回早就見怪不怪，咳嗽咳到咳血已經算得上是他的日常。

他想到翡翠要是還在，大概會先大驚小怪一陣，再認眞地詢問自己是不是快死了，死後可以變回原形讓他解解饞嗎？他肖想烤全羊太久了。

每每想到那幅畫面，桑回就會出一身冷汗，覺得自己可以再堅強地活數十年。

不過現在……也不曉得還有沒有機會再聽見翡翠這麼說了。

桑回又低聲咳了咳，從行李中找出紫羅蘭先前的來信，信上寫的是讓他匪夷所思的驚人事實。

紫羅蘭說，他們已經幫翡翠恢復肉體了，接下來就等著翡翠甦醒過來。

他們，紫羅蘭和斯利斐爾。

老實說，桑回也沒想到逝於浮空之島上的斯利斐爾竟然還活著，得知這消息時，他不禁爲對方欣喜。

但斯利斐爾卻不希望此事被更多人得知。

他有他的考量，桑回不會多說什麼。

桑回不是什麼遲鈍的人，能夠成爲華格那負責人代表著他比大多數人都還要敏銳，他能嗅得出這整件事情恐怕還藏著難以言明的祕密。

既然不好言明，桑回便也沒有多問的意思，只是以朋友的身分儘可能地提供他們所需要的協助。

雖然不知最後結果會是如何，但桑回還是冀望奇蹟能夠發生，讓翡翠重新再回到瑪瑙、珍珠、珊瑚的身邊。

……當然，如果翡翠在重生後能將自己從他的菜單上剔除會更好。

懷抱著這份小小的希冀，在做完今天的記錄工作後，桑回將燈罩蓋在日核礦上，降低光源亮度。

他躺下不久，睡意隨即席捲而來，讓他很快就進入了夢鄉。

桑回入睡快，可同時也睡得淺，長期追捕殺手的日子讓他縱使在睡著時也能保持高度的警覺。

不知道時間流逝了多久……然後，他聽見了聲音。

有人入侵了他的房間。

桑回眼睫微顫，沒有第一時間睜開眼，而是先探向隨身攜帶的筆刀，握緊武器。

他屏氣凝神，捕捉著房內人的動靜。

對方行動間聲響放得極輕，要不是桑回身爲獸人有著極靈敏的感官，很可能會不小心忽略了。

桑回將呼吸放得綿長，營造自己仍在熟睡的假象，等著入侵者主動暴露來意。

桑回猜不出對方究竟是爲何而來。

若是爲了錢財，會搭上這艘船的人都是爲了登上海棘島救援兼探險，不會有誰將大批財寶帶在身上。

那麼……或許是爲了私仇。

桑回會來參加這次行動，主要是聽到了最近在追捕的幾個殺手可能會混入這趟航行的風聲。

其中一個被稱爲千面，擅長僞裝易容，行事狡猾謹慎，已從他手下逃脫數次。

桑回這兩天已將船上人員的面孔都確認過，暫無所獲，可也不排除他冒用了他人身分成功登船。

靠著那些細微的響動，桑回可以判斷出入侵者在椅子上坐下，卻遲遲沒有等到對方的下一步行動。

桑回內心滿是疑慮，但一直被動等待也不是他的風格。他緊握筆刀，下一瞬霍然從床上暴起，決定先發制人。

揮出的筆刀在半途硬生生煞住，桑回的瞳孔遽然收縮。

「嗨，桑回。」

微弱的燈光下，綠髮妖精絕美的面容也被打上一層陰森。他的胸前繫著餐巾，手裡舉著一副銀亮刀叉，雙眼亮得不可思議，彷彿裡頭燃著兩簇驚人火焰。

那火焰像是巴不得能化成具體，最好將床上原形是隻羊的男人烤成香氣四溢的全羊大餐。

那畫面說有多恐怖就有多恐怖。

桑回寒毛直豎，頭皮幾乎要炸開了。在意識到翡翠的眼珠變色了之前，他已經先嚇得變回一隻大金羊，邊想從這個小小房間逃離邊咩咩慘叫。

最後像顆蓬鬆的大金球從床上一骨碌滾下來，直接撞暈過去。

隔日一大早，桑回摀著作疼的腦袋醒了過來。

當他看到狹小的艙房內除了自己外還塞著兩個人，他覺得頭更疼了。疼到恨不得能重新暈過去的地步。

他以爲昨夜他作了惡夢，比惡夢更可怕的是……這原來是現實。

翡翠和紫羅蘭把本就不大的空間塞得更擁擠，光球形態的斯利斐爾則停佇在翡翠的肩膀，彷彿只是一個單純的裝飾品。

不過這輩子桑回還沒看過哪個裝飾會吐出刻薄到讓人恨不得當場自盡的辛辣言語。

桑回痛苦地呻吟一聲，見到翡翠重生該有的喜悅，早就被昨晚的驚嚇沖刷得一乾二淨，點連渣渣都不剩了。

「早安啊，桑回。」翡翠笑咪咪地和桑回打招呼，「幾個月不見了，你還好嗎？」

「你們到底是怎麼……咳咳咳咳……爲什麼你們……還有你的眼睛……咳咳咳、咳咳咳！咳噗！」桑回用噴出的鮮血表達了他見到這三名不速之客的激動心情。

翡翠和紫羅蘭反應極快，及時避開鮮血噴射的範圍。

等桑回緩了過來，翡翠朝紫羅蘭使個眼色，兩人分工迅速，一人將桑回的東西全掃進包包，一人強行將桑回拉起。

「眼睛我沒辦法解釋，就別解釋了。我知道你肯定很想念我的，我也很想念你的肉。」翡翠拉開房門，鬧哄哄的人聲頓時如潮水湧了進來。

桑回停下掙扎，「外面怎麼回事？」

「你們的船好像到目的地了。」翡翠抓著桑回的胳膊沒有放開，那股親熱勁，就好像是終於與許久未見的好友重逢。

斯利斐爾冷眼旁觀這幕，他不用猜也知道，翡翠這份熱情哪可能是基於朋友之情？分明就是饞人家的羊肉！

「已經到海棘島了？怪不得大夥都……翡翠等等，我必須先跟你說，他們也在這裡。」桑回回過神，想要攔下翡翠前進的步伐。

「誰？」翡翠嘴裡問著，腳步沒停。

通道上淨是趕著到上甲板的冒險獵人，翡翠剛拖著桑回踏出房門，就差點撞上從旁擠來的一組人馬。

他下意識仰高頭，瞳孔霎時一縮，腦中出現剎那的空白。

即使只有驚鴻一瞥，翡翠還是在瞬間意識到他們是誰。

那是長大的瑪瑙、珍珠和珊瑚。

繁星冒險團的三人因爲那道猝然步出房外的身影而頓下腳步，目光下意識往側邊一掃，在翡翠臉上做了短暫的停留便挪向他後方的桑回。

他們朝桑回微微點頭，和翡翠擦身而過，很快就順著人潮走上樓梯，消失在翡翠的視野內。

桑回自然也看見這幕，「我剛就是想跟你說這個……瑪瑙他們也在這。」

「啊……啊。」強烈的衝擊讓翡翠半晌還回不了神，只能反射性地給出幾個音節。

就算已經看不見瑪瑙三人的背影，他還是忍不住遙望著他們離開的方向。

「他們眞的……長大了。」翡翠喃喃地說，他從斯利斐爾那得到這個消息時還不敢置信。

明明最後看到的時候還是小小軟軟、巴掌大的可愛孩子，怎一轉眼就長那麼大了？

「您那時的死亡，造成體內能量跟著散逸，在無形中被小精靈們吸收進去，才會讓他們長大成人。在下相信，絕對是比您成熟太多的大人了。」

再見小精靈的震撼讓翡翠陷入片刻的恍神，也沒去多理會斯利斐爾不客氣的評論。

翡翠憶起瑪瑙他們方才看向自己的眼神，那是看著陌生人才會有的漠然。他的心裡有些不是滋味，但也清楚這是他自己造成的。

因爲他的要求，他的小精靈們是眞的再也記不得自己了。

對他們來說，自己現在就只是一個毫無關係的路人而已。

瑪瑙他們隨著人群登上上甲板，看見了座落在前方的海棘島。

這一天的天氣也相當好，淺藍的天空像被刷洗過，明淨得不可思議。

日光將一切都映得明亮，卻穿不透那圈包圍在海棘島外層的乳白濃霧，那些奶白色的霧氣黏稠得好似要化成半固體形態。

霧氣幾乎遮蔽住島上景色，只能從唯一的缺口處看見淺色沙灘和蒼鬱的林木。

陽光下不散的白霧讓所有人都能感受到一股難以言喻的古怪，也讓霧後的海棘島增添了一絲詭譎。

彷彿島上潛藏著某種不明怪物，正等著渾然不知的獵物們主動步入它的巨口。

爲了避免有淺灘而造成擱淺，船隻停靠在離海棘島還有一小段距離的海面上。一艘艘小船被放下，將船上的冒險獵人和傭兵分批送至島上。

繁星冒險團是第一梯次下去的。

與他們同船的除了幾支冒險團，還有在船上曾與他們起過衝突的幾個加雅雇傭兵。對方也注意到他們了，或許是被隊長訓斥過的關係，幾人面色訕訕的，沒有再上前找麻煩。

珊瑚倒是有些失望，這幾天她在船上快悶壞了，恨不得有個光明正大的理由可以活動身手。

珍珠哪看不出珊瑚的念頭，她扣住珊瑚的手，帶著人和瑪瑙找了個和那些傭兵相隔最遠的位置坐下。

珊瑚的心思來得快去得也快，注意力一下就轉移到其他事情上。

「剛剛那個綠頭髮、長得很漂亮的人……會是兔子想要找的翡翠嗎？」珊瑚雙手環胸，隨即又搖搖頭，「不對不對，他的眼睛是黑色的。」

「而且也不知道他是不是妖精族……不過眼睛顏色不對，就不可能是了。」珍珠下了定論。

珊瑚從包包裡找出一張糨巴巴的圖，圖上是潦草至極的簡筆畫。

那是思賓瑟的大作，根據它所說，那就是翡翠的畫像。

但落在三名精靈眼中，只不過是個長得像火柴棒的人，頂多頭髮上了綠色，眼睛塗成一坨紫色。

珊瑚戳戳其中一坨紫，語氣像有點遺憾，「可惜眼睛顏色不對，不然就能把那個人綁回去給兔子，跟它拿很多很多錢了。」

「妳真的相信有翡翠這個人？」珍珠問道。

「當然不相信啦。但特徵一樣的話，還是可以跟兔子要錢吧，畢竟我們找到綠髮紫眸的妖精啦。」珊瑚聳聳肩膀，「珍珠信嗎？」

「不。」珍珠笑了一下。

「瑪瑙也是吧。」

「本來就沒有的人，何必浪費時間討論。」瑪瑙嗤之以鼻。

「不過他真的很漂亮、很漂亮，比珊瑚大人還漂亮。」珊瑚摸摸自己的臉，覺得自己短時間都忘不了那張讓人驚艷至極的面孔。

珍珠同意，「那麼漂亮的人，很値得關起來。」

瑪瑙對此毫無興趣，他一言不發地坐著，像尊漂亮又冷漠的雕像。

隨著海棘島越來越近，船上吵吵嚷嚷的人聲也漸漸變小。

眾人的目光緊盯著在視野中放大的沙灘，難以言喻的緊張感開始浮上，沒人知道等待在前方的究竟會是什麼。

小船才剛靠近淺水區，立刻有人迫不及待跳下，直接涉水越過淺灘往前疾奔。見狀，有更多人跟上。爲了高額賞金，誰也不想慢人一步。

繁星冒險團不像其他人，直到小船靠岸，他們才不疾不徐地下船。

等到他們正式登上海棘島，那些動作快的人已衝入蔥鬱茂密的叢林。

島上意外地悶熱，空氣濕濕黏黏的，彷彿突然之間從春季步入了燠夏。

珊瑚很快就忍耐不住地將兜帽揭下，她像好奇的小動物不住東張西望，發現他們踏上的地方看起來就是普通的遼闊沙灘。

她嫌待在這裡無趣，連忙回頭催促瑪瑙和珍珠，若不是怕自己迷路，她早就一馬當先往前跑了。

三人步入林間，腳下踩的是堆著厚厚腐葉的土壤，不時會沙沙作響。林內比外頭來得幽森許多，厚厚的闊葉遮覆在高處，攔截了大半光線，同時也讓這裡的樹木為了爭奪光線，每一棵都長得格外高大。

突出地面的板狀樹根盤曲糾結，有高有低。低的可以輕鬆跨過，高的則逼至大腿以上，增加了行進的困難度，就好像在阻止著人往深處前進。

其中最為怪異的是那些垂掛在樹枝間的白絲，它們無處不在，乍看猶如誤闖蜘蛛巢穴。

可是當珊瑚好奇地舉著雙生杖往白絲一戳，赫然發現那原來是一縷縷霧氣。確認過只是普通的白霧之後，瑪瑙三人繼續深入林中。

他們踩過突起的樹根，穿過千絲萬縷般的霧絲，感受腳下的坡度跟著緩緩增加。

珊瑚不時搓搓手臂，明知那些不過是霧，但她總會有種東西沾黏在身上的錯覺。

「這地方怪怪的，珊瑚大人不想待了……」珊瑚停不住抱怨，「可以一把火通通燒光嗎？反正也沒別人在嘛。可以嗎？可以嗎？可以嗎？」

「不可以。」珍珠輕描淡寫地否決了珊瑚的意見，她朝瑪瑙投去一眼，「沒有聲音了。」

「有聲音啊！珍珠妳在說話，我也在說話，珍珠好笨！」珊瑚難得抓住能嘲笑珍珠的機會，當然不會放過。

「有時候眞羨慕遲鈍過頭的人呢。」珍珠幽幽一嘆。

「這是在稱讚珊瑚大人嗎？」珊瑚狐疑地問。

「妳閉嘴就會知道問題在哪裡了。」瑪瑙冷淡地回應。

那冷冽似凜冬的氣勢讓珊瑚反射性閉上嘴巴，接著她就意識到哪邊不對勁了。太安靜了。

沒了自己發出的聲音後，周遭只餘一片詭異死寂，沒有任何飛禽走獸發出的響動，也沒有繁星冒險團以外的人聲。

即使前一批人馬的行動再如何快速，也不可能眨眼就脫離這座放眼望去無法看見盡頭的密林。

繁星冒險團沒有因此退縮，他們提高警戒繼續往前走。

然而直到成功穿過這片叢林，他們都沒有碰見任何預想中的危險。

他們路途上簡直順得不可思議，等待在他們前方的則是豁然開朗的視野。

珍珠走得最慢，她落後在瑪瑙和珊瑚後方。當她踏出叢林的範圍，腳步微頓了下，感覺空氣波動中似乎傳來一瞬的異樣，可再靜心感受，卻又什麼異常也沒發現。

「珍珠，快點啊！」珊瑚回頭用力揮著手。

珍珠追上了兩名同伴，和他們一同站在山丘邊緣。

原來樹林位於高處，前方底下是一處凹陷的盆地，一座繁榮小鎮沿著起伏的地形如畫卷展開。

從瑪瑙他們的位置來看，小鎮所在的盆地正好呈兩個對稱扇形，如同蝴蝶結般。

大量繽紛的建築物密集錯落，由上俯視像是一塊塊鮮艷的積木。蝴蝶結正中央是一座高聳的尖頂鐘樓，好似一柄被遺落的巨劍屹立在日光之下。

縱橫交錯的街道上隱約可以望見小如螞蟻的黑點在移動，不難猜出那些應該是鎮上的住民。

但吊詭的是，海棘島照理說是一座無人島，不該突然平空出現一座城鎮。

「加雅那個鬍子城主不是說島上沒住人嗎？」珊瑚皺著臉，被眼下景象搞糊塗了，「可是看起來有好多人耶！」

「看樣子，這次的獎金不是那麼好拿的。」珍珠緩緩地說。

「下去看才知道，走吧。」瑪瑙做出定奪。

三人重新戴上兜帽，一步步往那座看似尋常，卻又處處透著異常的小鎮走去……

第6章

最後一批小船將剩下的冒險獵人都送到海棘島上後，又掉頭划向在外圍海域下錨等待的兩艘大型船隻。

克拉克號和加利恩號過不久就會返航，預計二十天後再回到海棘島接人。

翡翠幾人就是這一批的成員。

原本桑回以爲翡翠會想方設法地多接近瑪瑙他們，但看起來反是想要避開他們，才會特意選擇落後行動。

翡翠自然注意到桑回欲言又止的神色，也猜得出對方想問什麼，但他還眞不知道該如何向人解釋自己目前亂糟糟的心情。

能夠再見到瑪瑙、珍珠、珊瑚，是他最幸運的一件事。

可只要再想到自己復活了，最疼愛的小精靈卻不記得自己了……

簡直像吃了大把黃連，苦澀到不行。

他那時候只希望小精靈們可以遺忘自己，不會感到悲傷，壓根沒想過會有再次活過來的機會。

要是立場調換，他或許會怨恨對方的自以爲是。

可是，他是一個自私的人。

即使知道世界在未來會迎來終結，即使會被怨恨他擅自決定，他還是迫切希望瑪瑙他們在這之前能先活下去。

他渴望小精靈想起他，又對他們回復記憶後會有的反應提心吊膽。

他想與他們親近，又害怕被他們漠然拒絕。

這矛盾的心情讓翡翠感覺自己就像是即將服刑的犯人，恨不得能多延一天是一天。

斯利斐爾似乎察覺到翡翠鬱悶的情緒，主動飛入他掌中，讓他蹭了一把，在他準備蹭第二把時又不留情地抽身而退。

沙灘上散布著眾多凌亂腳印，從它們延伸的方向可以猜出先前上島的冒險獵人大致分成兩撥隊伍，一撥沿著海岸摸索，一撥則直接深入密林。

其他一同登島的人們沒有猶豫太久就採取行動，不消一會兒便往島上各處散去。

翡翠他們選擇了直搗海棘島內部。

叢林裡到處可以看見細細垂掛的霧氣，這讓翡翠想到各種麵線吃法，一路上不停地吞著口水。

這當中令斯利斐爾難以忍受的是翡翠沿路的自言自語，後者不停喃唸著各種美食，甚至把自己長到有如菜單的全名都背了多次。

斯利斐爾甚至開始考慮起讓桑回變回金綿羊，讓翡翠咬個幾口解解饞，好堵住那張喋喋不休的嘴。

但思及他們正是缺人手的非常時候，斯利斐爾只能遺憾地將這念頭打消。

總歸來說，他們這一路走來相當順暢，順暢到讓人覺得反常，畢竟偌大的叢林裡居然只有他們三人加一光團。

那些應該在他們前後方的人影進入林中後都像蒸發一般。

盤踞在這座叢林中的就像是風雨來襲前的寂靜。

一脫離蠻荒叢林，等待在他們前方的是位於盆地當中的小鎮，鮮艷的屋頂色彩和幽暗的林木成了強烈對比。

隨著翡翠他們來到小鎮邊界，不遠處正飄來縷縷食物香氣，順著微風一路來到了翡翠鼻間。

翡翠嗅了嗅，精準地判斷出這是大蒜奶油牛排佐蜜汁小胡蘿蔔的味道。

他的口水不住分泌，胃袋傳遞來飢餓的情報，腦海中都能栩栩如生地勾勒出三分熟牛排被餐刀切開，粉紅色澤的牛肉滲出豐沛肉汁，大蒜奶油跟著遇熱融化，成爲金黃色的液體淌落下來的畫面。

但他的雙腳依舊緊緊地黏在原地不動。

翡翠沒有腦子一熱就往香氣方向衝的最大原因在於……

根據情報，這裡分明是座無人島。

海棘島曾發生過什麼，這幾天才重回世界的翡翠壓根沒做過事先研究，他只是爲了和桑回會合才半途摸上船的。

然後就這麼順理成章地跟著來到這座瀰漫著神祕氛圍的海島。

不過他身邊有個公會負責人，等於是有個活的情報資料庫。

沿路上桑回已經和他講述大概的情況。

唯一讓翡翠不太滿意的是，桑回說話時不知爲何與他隔得特別遠。他體貼對方這樣說話必須提高音量，容易讓喉嚨不舒服，特地往桑回旁邊貼近。結果桑回像個被惡霸找碴的小女生差點跳起來尖叫，還邊吐了好幾口血。

爲免桑回半路直接昏倒，翡翠只好悻悻然地放棄繼續靠近。

海棘島本是加雅挖採礦石之地，去年夏季無端消失在海上，近期又無預警進入人們的視野中。

依照資料提供，這裡就只是一座大多保持原始生態的無人島。可眼下卻出現了似乎存在許久的城鎮，還能聽見人聲不斷飄來。

小鎮的邊界立有一座界碑，寫著「瓦爾西鎮」幾個大字，旁邊還豎著一面木牌，上頭則列著幾條鎮內規則：

- 請確認自己是本地人。
- 若被發現是外地人，請趕緊穿上鎮民的衣服，超過三分鐘就會成爲無用的垃圾。鎮民的衣服請務必到有紅屋頂的服飾店獲得。

●若進入夜晚，鐘聲響起，本地人請回到屋內待著，屋子會保護你，否則會被視為白色之人的同夥。
●若屋子遭到入侵，請務必前往鐘樓尋求庇護。
●任何時候，無論本地人或外地人，請不要用任何尖銳金屬指向月亮超過三分鐘，否則會受到懲罰。

這幾條規則古怪又毫無邏輯，翡翠幾人面面相覷一會，最終還是決定先入鎮看看。要是碰到什麼問題，再視當下情況來反應。

翡翠他們才剛要越過界碑，周圍突地平空出現好幾撥人馬。

那些人一臉茫然地東張西望，像是不明白自己怎會出現在這裡，從他們的裝扮可以看出是冒險獵人。

他們很快就注意到翡翠幾人的存在，下意識便往這方向走來。

「咳咳……是晨光、利劍、約翰冒險團。」桑回掩嘴咳嗽，一邊將來人的身分大致辨認出來。

其中晨光冒險團正是來自華格那，他們迅速認出桑回的身分，神情也流露了幾分緊張。他們驟然停住腳步，不敢和桑回靠得太近。

他們一票都是有潔癖的人，全身穿著白衣，實在很怕他們的負責人冷不防一噴血，漫天血花成了他們衣上的新花紋。

「桑回先生，你們也是突然出現在這裡的嗎？」晨光團長保持距離，拉高音量，「我們剛明明是沿著沙灘走，結果一眨眼就跑到這個地方來了。」

「我們是走進林子裡。」利劍團長是名棕髮男人，背後的重劍特別醒目，「裡面一片霧茫茫，什麼也看不見，然後就站在這裡了。」

翡翠微訝地挑高眉，他們方才穿過的叢林雖然也有霧氣盤踞，但絕不到什麼也看不清的程度。

「我們和晨光一樣都打算先繞島一圈……」約翰團長的眉心緊得像是能夾死蒼蠅，「所以現在到底是什麼情形？」

「我們也不清楚，不過你們可以先看看這個。」翡翠指向寫著鎮內規則的木牌。

三個冒險團的人湊在一起，視線全黏在那塊木牌上，越看他們的表情越迷惑，最後得出和翡翠幾人同樣的結論。

總之只能先進入這座瓦爾西鎮了。

一夥人結伴同行，浩浩蕩蕩地走到街上，發現這裡看起來就只是一座尋常的小鎮。街上各式店鋪林立，來往其中的鎮民穿著樸素，臉上洋溢著笑容，街頭巷尾還能見到孩童高聲嬉戲玩耍。

一個小男孩在奔跑時沒有好好看路，一股腦地撞到走在最前端的晨光團長。

安摩斯一瞧見自己雪白的衣料上沾了一團髒兮兮的印子，臉色登時難看萬分。要不是看在對方年紀尚幼，他早就抽出劍指著對方鼻子要求決鬥了。

小男孩因爲反作用力一屁股跌坐在地，他的小臉沾了污漬像隻小花貓，一雙眼睛圓滾滾的，倒映著冒險獵人們的身影。

和小男孩追著玩耍的其他小朋友也靠過來，他們眨巴著眼睛，臉上帶著好奇，接著又轉爲恍然大悟。

「是利奇叔叔！他們一家都回來了！」一名小孩子指著晨光冒險團興奮地嚷。

「還有艾伯納叔叔他們！」換另一人指著約翰冒險團。

「還有喬安叔叔一家！」又一人指著利劍冒險團。

「那他們呢？他們是……」從地上爬起來的小男孩跑到翡翠身邊，仰頭直盯著他，隨後咧出笑，「是克萊兒姊姊和克萊兒姊姊的兩個哥哥！」

莫名其妙被安上他人身分的冒險獵人們驚訝又不解。

「利奇叔叔，陪我們玩！陪我們玩！」小孩們一擁而上，拉住了安摩斯的手，也讓對方的白衣沾上更多髒污。

看著自己快變成灰色的衣袍，安摩斯再也忍無可忍，一把拍開那些吵嚷的小孩，「你們認錯人了！去去去，去旁邊玩，否則別怪叔叔不客氣了。」

「所以妳也不是克萊兒姊姊嗎？」小男孩詫異地問著翡翠。

否認的字眼剛來到舌尖，翡翠肩上的光球霍地撞了他一下，同時斯利斐爾警告的聲音進入他的腦海。

「瓦爾西鎮的第一條規則。」

翡翠一個激靈，瞬間將來到舌尖的聲音硬生生吞回去。

「那你們也不是利奇叔叔的家人囉？」幾名孩童圍在晨光冒險團的旁邊。

「就說你們認錯人了。」安摩斯深怕那些髒髒的小手再伸過來，連忙與他們拉開距離，帶鞘的劍也握在手上作為恫嚇。

「沒錯、沒錯！」晨光冒險團的成員附和著自家團長，「我們真的不認識那位叫利奇的人。」

「那你們……」不知道是哪個小孩冒出了這一句，「是外地人囉？」

「外地人」三個字一落入空氣，頓時像水滴進沸騰的油鍋，激起了莫大反應。

前一刻還熱鬧的街道化為死寂，不管是男人、女人、老人、小孩，不管是攤販、顧客或行人，所有鎮民們齊刷刷地朝冒險獵人望去。

他們的眼珠子動也不動，彷彿眼窩中鑲嵌的是不同顏色的玻璃珠。

才短短幾分鐘，卻讓被盯住的晨光冒險團忍不住起了雞皮疙瘩。他們彼此對視一眼，在同伴眼中都看見此地不宜久留的訊號。

晨光冒險團當下就想撤退，可還沒等他們猜出鎮民的下一步，便已出現了異狀。

利劍冒險團的人忽地駭叫出聲，「晨光，你們的身體！」

晨光冒險團的人臉上才浮現茫然，下一秒就化成大量沙粒，嘩啦啦地垮落下來，一碰到地面就全數沒入地底，連點痕跡都沒有留下。

僅僅片刻，一個冒險團就在眾人面前化爲烏有。

剩下的冒險獵人不約而同都想起在小鎮邊界看到的那條規則。

請確認自己是本地人。

溫暖的日光曬在皮膚上，但眾人只覺得被寒意籠罩，體內溫度像一口氣被剝奪。他們駭然地看著已空無一物的地面，再看向那些仍舊盯著他們的鎮民。

翡翠不由得爲自己捏了一把冷汗，假如他剛剛也將否定說出口，那麼自己也會和晨光冒險團迎來同樣的下場。

「你們是外地人嗎？」鎮上的大人小孩再次問道。

他們的質問像是聲浪，像是鋒利的箭矢，不容閃避地直指所有冒險獵人。

「不、不是！」約翰冒險團的團長幾乎破音地喊，「我們都是這裡的人！」

前一秒如針刺人的氣氛消融得無影無蹤，小鎮街道又恢復溫馨熱鬧，充滿生活氣息的人聲重新充斥耳邊。

沒人繼續盯著冒險獵人們不放，經過他們身邊時還會友善親切地打聲招呼，就好像他們本來就是這裡的一分子，就好像……

剛才什麼異常也沒有發生。

正值午後，陽光熱度正強。只要在沒有陰影遮蔽的地方站上一陣，就會覺得自己像被送進烤箱烘烤，體內水氣似乎要被一併蒸發。

然而待在瓦爾西鎮上的冒險獵人們遲遲感受不到太陽帶來的熱意，他們一群人像剛從水裡撈出來，背部不知不覺被冷汗浸濕，顫慄始終盤踞在心頭上久久不散。

如果讓他們選擇，他們一定會盡快地遠離當地人，找個無人煙的地方待著，焦慮地商討大夥的下一步行動。

這種非常時期，加上先前目擊到的非常理景象，最好還是先集體行動，倘若出什麼意外才好彼此有個照應。

但他們的計畫卻來不及成形。

環繞在他們周邊的孩童沒有散去，反倒各自簇擁著各個冒險團，熱情地引領他們回去自己的家。

翡翠他們只能和約翰冒險團、利劍冒險團走上不同方向。

「克萊兒姊姊，這邊走、這邊走，你們的屋子在這邊！大家都有幫忙照顧房子喔，它看起來還是乾乾淨淨的！」小男孩拉住翡翠的衣角，一路上嘰嘰喳喳講個不停，「我們家的薔薇花開了，妳喜歡花嗎？我可以送妳一把！」

「哎，克萊兒姊姊一定會更喜歡大理花的，我們家種的可漂亮呢！」另一個同行的小女孩得意炫耀，「我媽媽最會種花了！」

比起花，翡翠更喜歡吃的。

只是在這個怪異的小鎮，他目前還真不敢隨意嘗試這地方的吃食。

翡翠摸摸肚子，想到在找到桑回之前，他待在紫羅蘭的背上，每天吃的除了海藻、海藻，還是海藻。

所以這也不能怪他見到桑回時，眼睛都忍不住發光了，都是餓出來的呀。

「……翡翠，你可以不要再盯著我嗎？」桑回壓低音量，終於忍無可忍地提出抗議，「你從剛剛……咳咳，就一直盯著我不放。你的眼神有點……嚇人。」

桑回這話說得委婉了，沐浴在翡翠的視線下，他覺得自己就是被剝了毛、剝了皮，準備上爐架烤的食材。

「別擔心，我的自制力很好的。」翡翠自信地說，「你看到現在，我也沒眞的將紫羅蘭吃下去啊。」

桑回給了翡翠一個大大的白眼，默默地和他拉開幾步。他那是不吃嗎？那分明是因爲海鮮過敏不能吃吧！

紫羅蘭垂著眼，一臉憂容，「我每次都希望翡翠的自制力可以再薄弱一點，我一直很想向他推薦我的小腿內側，那裡的肉質鮮美又充滿彈性。」

頓了一頓，紫羅蘭抬起眼睫，露出了淺淺的笑。

「啊，不用擔心，我們一族的回復力向來很好，不用怕吃不夠呢。而且我知道妖精都喜歡美麗的東西，在你眼中，我的人形一定比原形好看。聽說好看的外表能讓食物變得更加美味，我一定會維持人形讓你直接生吃的。」

這次換翡翠默默地與紫羅蘭拉開距離。

如果是紫羅蘭的原形，他愛全部。但如果是對方的人形……謝謝不用聯絡了。

兩個小孩沒有仔細聽大人們在講什麼，他們嘻嘻哈哈地奔跑在前方，帶著翡翠等人繞過幾條蜿蜒的巷弄，來到一幢棕色屋頂的房屋前。

它看起來和翡翠原世界中的半木構造建築物極為相似，木骨架裸露在牆外，形成像是格子狀的裝飾，外牆漆著明亮的淺黃色，窗台上鮮花盛開。

「我們送克萊兒姊姊他們到家了！」小男孩得意地挺挺胸膛，覺得自己完成了一件不得了的任務。

「那我也要回去了，點心時間快到了。」小女孩笑容滿面地朝翡翠他們揮手告別，「克萊兒姊姊再見！」

「點心！」小男孩也跳起來，想到自己母親今天有烤餅乾。算算時間，差不多也該出烤爐了，他趕忙也向翡翠用力地搖著手，「克萊兒姊姊我也要回家了，再見，明天見！克萊兒姊姊也快點進去屋子裡吧，妳的弟弟、妹妹也回來了喔！」

小男孩臨走前拋下的一句話讓翡翠他們大吃一驚。

弟弟、妹妹？

意思就是屋裡現在還有別人!?

翡翠幾人站在屋外，一時不知該不該進入。

倘若是其他冒險獵人，行事上便能方便許多，起碼彼此不用顧忌會不會洩露外地人的身分。

怕就怕屋裡的是本地人，那麼接下來待在這裡的時間只怕會綁手綁腳。

棕黃小屋的隔壁鄰居正好探出頭，那位體型略豐滿的中年婦人看著他們站在屋外不動，出聲關心了幾句。

爲免引來婦人的懷疑，翡翠暗暗吸一口氣，朝著大門伸出手，只期望自己的弟弟妹妹是跟他們一同到海棘島的冒險獵人。

「斯利斐爾，快拿出你眞神代理人該有的好運，保佑屋裡千萬不要是本地人啊。」翡翠悄聲地說。

「在下要是有所謂的好運，就不會碰上您了。」斯利斐爾冷淡無情地回應。

翡翠的手還沒碰到門把，大門先行一步被人從裡面打開。

「啊。」紫羅蘭輕輕喊了一聲。

「不……咳咳咳，不是吧！」桑回邊咳邊震驚。

斯利斐爾徹底沒了聲音，停在翡翠的肩上彷彿只是一個單純的裝飾光球。

翡翠下意識揚起的笑容僵在臉上，他看著門後的三條人影，再次體會到大腦被空白佔據的滋味。

他微張著嘴，眼睛瞪得大大的，深如黑珍珠的瞳面上倒映出來人的面容。

誰也沒有預料到，他們分配到的家人居然就是……

瑪瑙、珍珠、珊瑚！

——不知道爲什麼，珊瑚的嘴巴還被貼住，一雙桃紅色的大眼睛正好奇地瞅著門外的人直瞧。

繁星冒險團是半小時前來到棕黃小屋的。

他們的經歷和翡翠等人差不多，都是經過懸掛大量霧絲的叢林，然後到達這座看似平凡、暗地裡又透著詭異的瓦爾西鎮。

瞧見那塊寫滿鎮內規則的木牌時，珍珠果斷地堵住了珊瑚的嘴巴，免得她管不住自己的嘴，惹出不必要的麻煩。

事實證明，珍珠很有先見之明。

翡翠聽到這裡時不由得也鬆了一口氣。

珊瑚的個性他太了解了，直來直往，想到什麼就說什麼，若是她面對鎮民的質問，很可能不管三七二十一就嚷嚷著自己當然是外地人。

或許是翡翠吐氣的聲音太明顯，一直在旁邊緊盯著他不放的珊瑚抓住機會，連珠炮般的問題立刻一個個飛快射出。

「你爲什麼要嘆氣啊？嘆什麼氣？而且你剛剛一直在椅子上扭動，你的椅子上長刺嗎？還是會咬人？還有你到底叫什麼名字啊？」

珊瑚可是憋很久了，她從剛剛就覺得眼前的綠頭髮妖精看起來好奇怪。

當然不是指對方哪裡長得奇怪，對方可以說是她至今看過最漂亮的人了。可是那妖精剛開始一副坐立不安、好像隨時想要奪門而出，後來又一副如釋重負的樣子，彷彿解決了什麼大難題。

這讓對翡翠充滿好奇的珊瑚心裡如貓爪在拚命撓，恨不得能馬上弄得一清二楚。

「咦？啊，我……」翡翠被這串如子彈射來的問題給砸得有些懵了。

珊瑚一張嘴，話就停不下來，不等翡翠回答，她又興沖沖地丟出了新的問題。

「珊瑚大人問你喔，你認不認識一個叫翡翠的人？」

這一瞬間，翡翠感覺自己的心跳彷彿漏跳了幾拍。

可下一秒，珊瑚的話又讓他迅速回到現實。

「我們認識的一隻兔子在找一個叫翡翠的人。他跟你很像，頭髮是綠色的，還是個妖精，不過他眼睛是紫色的，和你就不一樣啦。」珊瑚冷不防湊近翡翠面前，直勾勾地看著他的黑色眼珠。

「珊瑚，妳會把人嚇跑的。」珍珠的目光從書中抬起，先是對翡翠露出一抹淡淡的微笑，隨後又起身捏住珊瑚的耳朵，把人拎回來，「一直盯著別人看很沒禮貌。」

「瑪瑙明明也盯著他看啊……」珊瑚哼哼幾聲，「不要以爲珊瑚大人沒發現。」

「妳眼睛瞎了。」瑪瑙冷若冰霜地說。

「哪有啊！珊瑚大人的眼睛明明好得很！」珊瑚哼哼幾聲，很快又把對瑪瑙的不滿拋在腦後。她情緒的轉變宛如變化多端的天氣，前一秒烏雲密布，後一秒雲散轉晴，

「喂，你還沒回答偉大的珊瑚大人。」

「別理珊瑚。」珍珠善解人意地說，「你只要告訴她名字就可以了。」

「ㄈ……」翡翠剛發出一個音節，猛地回過神來，現在一點也不適合自曝眞名，「惠窈！我叫惠窈！」

「惠窈？好奇怪的名字喔。」珊瑚咂咂嘴巴，馬上就把注意力轉到翡翠肩上的光球，「你肩膀上的是什麼東西？」

「他是……」冷不防扔來的問題讓翡翠來不及思考，嘴巴已反射性吐出一串字句，「他是我的寵物，叫作……小鬆餅。對，他叫小鬆餅！」

保持沉默的斯利斐爾驀然暴起，毫不留情地撞著翡翠的腦袋——不撞臉是怕傷到精靈王的美貌，那是他僅存的優點了。

至於腦袋？噢，反正也不會比現在更蠢了。

「珊瑚大人可以摸嗎？可以嗎可以嗎可以嗎？」珊瑚雙眼放光，像隻隨時想要撲出去的小狗狗。

「抱歉，他會咬人。」翡翠將散發出濃濃不爽情緒的斯利斐爾緊抓住，腦中瘋狂警告，「安分一點，你只要發出一點聲音就露餡了，他們忘記我可沒忘記你。」

要是被小精靈他們發現光球就是斯利斐爾，一大堆事情都很難解釋清楚。

斯利斐爾留給翡翠一個冷漠至極的哼聲，但總算是暫時妥協了。他停下掙動，繼續當一個安靜的球體。

交換完目前已知的情報，再分配一下雙方在屋內的使用空間後，翡翠就像再也坐不住，拉過桑回和紫羅蘭，以要去鎮上查探更多消息的名義，匆匆離開屋子。

「所以他椅子眞的有刺嗎？」珊瑚瞧著翡翠猶如落荒而逃的背影，流露出茫然又納悶的表情。

「比起椅子有刺……」珍珠將其實一直盯著同一頁的書本合上，「感覺他看起來更像……不願意和我們待在一起呢。」

「欸？爲什麼？爲什麼？珊瑚大人明明那麼有魅力！」珊瑚氣得腮幫子鼓得高高的，但連她自己也不曉得那股委屈般的惱怒從何而來。

「我們不用浪費時間在沒必要的人身上，別忘記我們還有委託要做。」瑪瑙語氣冷淡得很，對翡翠的去留毫不在意，「走吧。」

珍珠拉上斗篷兜帽，尾隨在瑪瑙身後。

她半瞇起海藍的眼，沒有揭穿自己同伴此刻繃著臉、散發寒氣的模樣，以及踏出屋子時無意識加重的步伐，簡直就像在和誰賭氣一樣。

但是……是跟誰呢？

究竟又能跟誰呢？

珍珠閉了下眼，將突然竄起的一股茫然深深地再嚥了下去。

第7章

街道上林立的都是半木構造建築，隨著淡金色日光灑落，屋頂和牆壁的色澤被襯托得越發明亮。

這是一個像是童話小鎮般的地方。

但翡翠他們不會忘記，這裡同時也能讓一個冒險團轉眼化成沙粒。

翡翠加快腳下步伐，直到再也看不見那幢棕黃色屋子，緊繃的身體才驟然放鬆。

他想要和小精靈們有更多的相處，可也害怕著自己無意中自曝身分，更害怕見到三人看向自己的眼神不帶絲毫情感。

翡翠摸摸心口，感覺那裡好像還是缺了一塊，不知何時才有辦法再度填滿。

翡翠調整一下心情，裝作什麼事也沒發生地轉頭看著桑回和紫羅蘭。

「我們分頭調查吧，問問那批失蹤侍衛的事、打聽這裡的歷史，能挖到什麼是什麼。既然小鎮以鐘樓分爲地形相同的兩側，我和斯利斐爾就到另外半邊去，你們呢？」

「我都可……咳咳咳咳咳咳，咳咳咳！」桑回的話還沒說完，就被自己的成串咳嗽聲蓋過去，身體還搖晃了幾下，似乎下一秒隨時會暈厥在地。

就算知道桑回老是一副要死不活的模樣，但也沒有哪次眞的要死了，翡翠還是連忙伸手將人扶住。

「你就在這邊吧。」翡翠不容置喙地替桑回決定，「跑太遠我怕你隨時路倒。」

「我眞的覺得我可……咳噗！」桑回溢出一口鮮血。

「不，你不可以。」翡翠看著桑回嘴邊流下的鮮血，再瞄了一眼肩上的斯利斐爾，幽幽地嘆口氣，「可惜斯利斐爾一直阻止我，不然羊血糕聽說……」

「咳咳咳咳咳！我也覺得我不可以了！我就不跟翡翠你行動了！」桑回發揮出與他病弱外表完全不符的速度，一溜煙消失在翡翠眼前。

「那你覺得龍蝦血糕怎樣？雖然我沒試過，不過爲了你，我可以……」紫羅蘭像是被賦予了新靈感，漂亮的藍眼睛裡寫滿躍躍欲試的光芒。

「不不不，換我不可以了，我現在就去探消息，我們晚點見！」翡翠不敢留在原地，馬上和紫羅蘭分道揚鑣。

他疾步往小鎮另邊跑去，途中還經過了那座有如巨劍指向高空的大鐘樓。鐘樓下方的大門閉闔，上面的每一扇窗也都關得緊緊的，外頭還有人守衛，像是在嚴防任何人的入侵。

翡翠多覷了幾眼，但想著還得去另外半邊城鎮查探，沒有多停留便快步離去。

翡翠將他們住下來的半邊稱為左瓦爾西，自己現在過去的半邊則稱右瓦爾西。

右瓦爾西看上去和左瓦爾西沒什麼不同，到處都能見到半木構造建築，屋頂和牆面色彩繽紛飽合，裸露在外牆的木板成了天然的紋路裝飾。

奇異的是，即使是在右瓦爾西，翡翠他們沿路上碰到的鎮民似乎也都認識他，笑吟吟地喊他克萊兒。

翡翠同樣回予笑容，彷彿他真的和這些人相當熟稔。

他在街上看似悠閒地遊走，同時一心兩用，一邊留意著周遭人的談天內容，一邊在意識中嘀嘀咕咕地和斯利斐爾抱怨著。

「你究竟對瑪瑙做了什麼？」

「在下不明白您的指責從何而來，您摔壞腦子了嗎？不，您的腦子本就和壞掉差不多。」

「而你現在連腦子都沒有。不要轉移話題，我在問你話。」翡翠強勢地質問，「爲什麼瑪瑙會變那麼多？」

在他的記憶中，瑪瑙總是甜蜜貼心，還格外喜歡向他撒嬌。

讓翡翠形容的話，瑪瑙就像是用棉花糖、砂糖、蜂蜜還有鮮奶油……反正是世界上所有能想到最甜美的東西所構成。

可是憶起方才在屋內見到的白髮男人，翡翠怎麼想都覺得一定是斯利斐爾的錯。

畢竟前四個月他可是死掉狀態啊！

「說，在我死後你到底教了瑪瑙什麼，爲什麼把我的小可愛變成另一個版本的你！」

「在下知道憑您貧瘠的記憶力肯定忘了，因此在下必須再次提醒您。您死的同時，在下也差不多接近消亡了。當然，您也可以認爲，那就是瑪瑙對待陌生人會有的態度。」

「陌生人」三個字讓翡翠不禁摀著胸，感覺那裡被斯利斐爾不客氣地戳了一刀。

「可惡，這種事就不用一再提醒我了……」翡翠鬱悶地換了話題，「我覺得我們可以再兵分兩路，去偷聽鎮民的談話，消息總是源自於八卦之中的。」

「誰跟誰？」

「我，跟你。」

「在下並不覺得這是好主意。」

「我不要你覺得，我要我覺得。」翡翠迅雷不及掩耳地抓住肩上的光球，捏得緊緊，不讓斯利斐爾有趁隙逃脫的機會。

然後使出全力，將斯利斐爾往遠處一投，一道完美拋物線呈現在太陽底下——

翡翠目送斯利斐爾遠去，絲毫不將腦中響起的森寒斥罵放在心上。

反正斯利斐爾現在就只是顆球，沒辦法真的對他做出什麼事。

翡翠在右瓦爾西鎮待了大半天，走過無數大街小巷，卻始終沒有獲得突破性進展。

沒人知道那些早先登島的護衛隊。

這期間，還陸續看見了其他冒險團。

那些冒險獵人眼中流露出幾分對鎮民的忌憚，顯然他們也目睹過他人變成沙子的景象。

眼看這半天下來似乎要徒勞無功了，翡翠皺皺眉，決定換個調查的方向。

「斯利斐爾，我到小鎮外看看。」翡翠在意識裡對斯利斐爾說道。

斯利斐爾就像還對翡翠先前的行爲感到不滿，沉默了好半晌，才總算發出短短的音節作爲回應。

「別氣啦，回去後幫你洗個澡怎樣？我敢打賭這幾個月你都沒洗過澡。」

「您還是閉嘴吧！」

聽著斯利斐爾咬牙切齒、像是恨不得生吞活剝自己的語氣，翡翠像被逗樂般哈哈大笑，心裡籠罩著的陰霾也稍微被吹散一些。

瓦爾西鎮位於盆地，周圍全被山林包圍。

翡翠隨意選了一個方向，沿著坡度不斷往上爬升的路走，偶爾他會停下腳步，困惑地回頭觀望。

翡翠不確定是不是自己多疑，但總覺得好像有誰在暗處窺探自己，偏偏又找不到視線源頭。

最後翡翠只能歸咎於是自己太敏感，也不再因此停步。他繼續往上走，直到看見了遠方矗立的界碑。

界碑後是蒼鬱的高大叢林，一眼望去，只能瞧見無盡的樹木枝葉層層疊疊，像個翠綠色的迷宮。

翡翠走到界碑前，然而當他要踏出下一步，那一步卻遲遲無法落下。界碑之後彷彿展開了一層看不見的障壁，阻擋任何人的前進。

翡翠心裡愕然，他不死心地換了多次位置嘗試，甚至還沿著小鎮邊緣奔跑大段距離，試圖找到空隙，但都是一樣的結果。

翡翠喘著氣停下，他看著明明就在眼前，如今卻彷若咫尺天涯的叢林，不得不承認一件事實——

他們離不開這座怪異的小鎮了。

他們被困在了這裡。

「斯利斐爾。」翡翠伸出手，看著自己的手掌貼上了透明的牆壁，「我這有一個不太妙的消息要告訴你，有東西擋在小鎮外面，我們出不去。」

斯利斐爾這次的回應來得很快。

也許他是氣消了，也許是因爲他有更重要的事必須先讓翡翠知道。

「在下也有個消息要告訴您，在下聽到鎮民的談論，他們提到了白色之人的眞面目。」

「白色之人到底是什麼？」

斯利斐爾的聲音平靜到漠然，清晰地進入了翡翠的腦海中。

「是外地人的殘渣。」

聽見眼前小孩口中冒出這串字眼，珊瑚納悶地重覆一次。她習慣性地轉頭看向珍珠，後者神色微凝，像在思考。

「外地人的殘渣？」

正值黃昏時分，天空遍布著橙橘中帶著幾分淡紫的霞光。

珍珠和珊瑚站在瓦爾西鎮的一處街頭，向幾個聚在這玩耍的小孩子打探消息。

她們倆先前已走過泰半城鎮，也試圖折返至來時的沙灘。

但城鎮中探聽不到什麼有用情報，返回沙灘時更發現小鎮外圈有一層無形的屏障堵住了去路。

別無他法之下，只好又繞回「克萊兒家」附近，碰巧遇上了這群嬉鬧的孩童。

瑪瑙沒有與她們在一起，他總是更喜歡獨自行動。

珊瑚知道珍珠一陷入思考，就不喜歡被人突兀地打斷，她鼓鼓臉頰，乾脆把問題再扔回說出這話的小男孩。

「欸欸，什麼是外地人的殘渣？」

「我才不叫欸欸，我叫湯米啦，約瑟芬姊姊妳怎麼老是記不住我的名字。」臉上有著雀斑的小男孩不高興地糾正。

「我才不……」珊瑚反射性來到嘴邊的反駁還沒出口，就被回過神來的珍珠及時伸手掩住，總算沒讓珊瑚自曝外地人的身分。

珍珠輕飄飄地看了珊瑚一眼，那眼神讓珊瑚像挨受主人責罵的小狗，可憐兮兮地垮下肩頭。

「她記憶力不好，才老是忘記。」珍珠主動把話題接下去，「你再跟她說明一次吧，湯米那麼聰明，一定知道那是什麼，對吧。」

「我們也知道！」

「問我們！問我們！」

「米麗姊姊別問湯米啦！」

幾個小孩七嘴八舌地搶著回答。

但湯米似乎是這群人中的孩子王，他擺出凶狠的表情，其他人只好悻悻然地閉上嘴巴，把在漂亮大姊姊前出風頭的機會讓給他。

「外地人的殘渣就是外地人剩下的東西，聽說是白白的，所以又叫白色之人，它們只在夜晚出現。」湯米挺起胸膛，努力在珊瑚和珍珠面前表現聰明的一面，「所以晚上鐘聲一響，大家就必須回到屋子裡。除了特殊的日子，晚上是絕對不能出去外面的，不然會被當成白色之人的同伴。」

「被當成同伴會怎樣？」珍珠心裡有了猜測，但還是想再做一次確認。

一群小孩瞬時沒了聲音，直勾勾地瞅著珍珠她們，一雙雙眼睛眨也不眨，像是沒有溫度的石頭。

珍珠神色不變，還是輕聲細語地說著話，「你們約瑟芬姊姊記性差，老是記不住重要的事。」

覺得自己被抹黑的珊瑚氣鼓鼓地踢了一下地面，但也知道不能隨意打斷珍珠，只好生著悶氣，滿臉寫著「珊瑚大人才沒有」這幾個大字。

「你們可以再告訴她一次嗎？」珍珠揚起恬雅的微笑。幾個小孩像被說服了，轉眼又恢復成嘻嘻哈哈的笑鬧模樣。

「約瑟芬姊姊好笨啊！」湯米不客氣地指著珊瑚大肆嘲笑，「當然就是被當成外地人，然後變成沒用的垃圾呀！」

果然……珍珠眸色一暗，登時沒了再向這群孩童詢問的心思。

就算入鎮時見到的規則上有寫著必須在鐘響前回到屋裡，但當時沒人知道白色之人指的是什麼。

雖然珍珠了解瑪瑙謹慎的性子，但事情就怕萬一。

她拉著珊瑚匆匆離開這個地方，突然聽見身後傳來小女孩的叫喊。

「啊，天要黑了！」

珊瑚和珍珠反射性仰高頭，映入眼中的天色出現奇異的變化。

不知何時，墨藍的夜色佔據了一半天空，正好以鐘樓爲分隔線，另一半依然是霞光滿布的絢爛光景。

珍珠再一回頭，發現先前聚在一起的孩童已經飛快散開，各自奔向返家的路途。

其中湯米跑了幾步又停下，扭頭對著珍珠她們擺擺手，「米麗姊姊、約瑟芬姊姊，妳們也快點回去吧，等鐘聲響完十二次，天就會徹底黑了！」

佔據半邊天幕的暗色此時正快速朝剩餘的另半吞噬，紫橙色的領域逐漸消逝。要不了多久，濃暗的夜色就會覆蓋在整座瓦爾西鎮上。

「我們快跑。」珍珠拉著珊瑚的手，急急往棕黃小屋的方向跑，內心浮上一絲急切。在沒有瞧見瑪瑙之前，始終無法安下心來。

不僅珍珠二人在倉促地跑，街上人們也匆忙地收拾東西、關起店舖，爲的就是在鐘聲響完前趕緊回到屋內。

關門關窗的聲音更是接二連三地響起，一下下敲在珍珠心頭，增添她的不安。

珍珠跑得很急，但她的體力比起珊瑚略遜一籌。剛開始還是她拉著珊瑚在跑，之後就變成珊瑚緊緊抓住她，以免她落在後面。

有著淺褐屋頂的棕黃小屋遠遠地映入兩名精靈少女眼中。

同時天空只剩最後一片霞光，幽沉沉的夜幕幾乎已盡數攤展開，不過轉眼間，小鎮就從明亮進入了晦暗。

鐘聲在下一剎那響起。

悠長的聲響迴盪在整座城鎮當中，進入了每一個人耳裡。

一聲、兩聲……

珍珠瞧見棕黃小屋的大門打開，紫羅蘭和桑回的身影出現，他們似乎想要快步地迎向她們。

「別出來！」珍珠使盡力氣高喊，「鐘聲響完還在屋外就會被當成外地人！」在這裡只要被視爲外地人，就是軀體化成沙子的下場。

鐘還在響。

四聲、五聲、六聲……

「珍珠、珊瑚！」不熟悉的喊聲猛地自另一條街道傳出，裡頭混雜的焦灼像要滿溢出來。

珍珠和珊瑚忍不住往聲音來源看過去。

從左手邊跑過來的赫然是瑪瑙和……

珍珠的思緒停頓了一秒，想起那名綠髮青年叫作惠窈。

比起瑪瑙眼中微露的緊張，惠窈完全是把焦慮和擔憂寫在臉上，那雙漆黑的眼睛彷彿在盯視著最重要的珍寶。

誰？他在看的是誰？

他在看著她們？爲什麼？

珍珠沒有注意到自己無意間停了下來，就連緊拉著她手的珊瑚也沒發現。

因爲珊瑚也停住了。

她和珍珠一樣，沒辦法將視線從那個叫惠窈的人臉上移開。

她不像珍珠總思考那麼多，她只覺得看著那個人的表情、那個人的眼睛，胸口突然又酸又澀，就連自己的眼睛也跟著酸酸的。

「別停下來，快跑！」翡翠見兩名少女竟然在半途停下，胃部和心臟跟著一塊用力絞縮，一股冷意向上竄延。

他從斯利斐爾那裡得知白色之人的眞面目後，就不敢在外繼續耗費時間。他瘋了一般只想趕緊回到棕黃小屋，確認他的小精靈們都已經回到屋子裡。

他知道眾人都明白鎮內規則的恐怖，不會輕易違反，在天黑前就會設法趕回。

可是在親眼見到他們安全無虞之前，翡翠提起的那顆心怎樣也無法放下。

斯利斐爾如今雖然僅是光球形態，但在移動上反而更加靈活。他從高空巡視，幫忙搜尋其他人的下落，即時向他回報。

也是因為斯利斐爾的通知，翡翠才發現瑪瑙就在自己身後。

翡翠不認為瑪瑙是特意尾隨自己，那雙金瞳在看過來時只有一片漠然，但他不由得感謝這份巧合。

他和瑪瑙一同疾行，顧不得掩飾自己對珍珠、珊瑚的過度關心。

鐘聲來到了第九下，只剩三下了。

翡翠和瑪瑙衝向了不知為何失神的兩名少女，一人抓起一個就往棕黃小屋狂奔。

瑪瑙的速度勝過翡翠，第十下鐘聲響起之際，已將珊瑚拽進了屋子裡。

珊瑚被他粗暴地扔出去，也顧不得連聲哀嚷，一骨碌跳起就想再往屋外跑。

珍珠還在外面！

還有那個叫惠窈的人……也還在外面！

紫羅蘭清楚這名少女在翡翠心裡有多重要，他果斷凝水成冰，凍住了珊瑚的手腳，阻止她冒失的行為。

紫羅蘭轉過頭，發現桑回不知何時消失在一樓。

倒數第二下鐘聲響起，翡翠和珍珠離棕黃小屋還有一小段距離。

「別怕。」

在呼嘯的風聲中，珍珠只聽到奔跑著的綠髮青年對她說出這兩字。

那明明只是再平凡不過的字眼，卻燙得讓珍珠的淚水險些奪眶而出。

然後她的身子就被一股驚人力道甩了出去。

斯利斐爾從空中落下，停在翡翠的肩膀，不管接下來將面對什麼情況，他都會與這位精靈王在一塊。

瑪瑙眼疾手快地將珍珠一把抱住，隨即又卸下力道，讓珍珠滾落在地毯上。

「瑪瑙，那個人……惠窈！」珍珠忽略身上撞疼的地方，急切地仰高頭，蔚藍色的雙眸中不見以往的沉穩，只有惶惶不安在裡頭晃動，像日光下破碎的海浪。

瑪瑙看到綠髮青年離棕黃小屋的大門不到十步。

那個人會來不及進入屋子裡。

他不會在意，畢竟那人跟他們毫無關係，就算在他們面前化成碎沙那也是他的命。

他明明想視而不見，但身體卻不管他的想法，擅自行動。

瑪瑙看見自己的手拚命往外伸了出去，竭盡所能地縮短與惠窈的距離。

不，這是在做什麼？那不過是個無關緊要的陌生人！

瑪瑙想收回自己的手，他厭惡這種失控的感覺，他的身體該由自己的意志支配，而不是莫名其妙受到一個才初見沒多久的人影響。

瑪瑙看向對方的眼神幾乎帶了一絲憎厭，那雙金瞳如同最尖銳的箭矢，然而他的手仍是不受控地朝著外面伸出。

那眼神讓翡翠心尖一顫，手指幾乎想要退卻。

第十二聲鐘響驟然敲響。

瑪瑙不知道自己臉色大變，眼底的冷漠像是被敲得盡碎的浮冰四散，他甚至沒注意到自己已不知不覺踏出屋外。

他緊緊盯著那名綠髮青年，用力得眼睛都痛了，然而眼前閃晃過的卻是無盡黑夜和赤色火瀑沖刷而下，腦中迸發出誰的尖叫。

「你騙我！你騙我！◯◯是大騙子——我不原諒你，我不會原諒你！」

「你回來，◯◯！你回來我就原諒你！只要你回來——」

尖叫聲毫不留情地凌遲著瑪瑙的腦袋，他張開嘴，一個名字好似要從心臟最深處沖湧而出。

可是他連那個名字究竟是什麼都不曉得。

鐘聲即將來到尾聲。

說時遲、那時快，棕黃小屋二樓的窗戶被人拉開，砂金髮色的男人瞬間變成一隻擁有蓬鬆捲毛的碩大金羊，從二樓猛力竄蹬而出。

翡翠下意識跟著仰高頭，落入他眸中的金影就像飛馳的閃電，一下躍過他的頭頂。

翡翠只來得及一瞥，緊接著一道蠻橫力量撞上他的後背，將他整個人朝前頂飛。

桑回變成的大金羊以驚人力量和高速將翡翠頂撞進屋內，自己隨即也往前衝刺。

翡翠重重地被拋進屋子裡，與接住他的瑪瑙摔成一團，兩人跌滾在地板上。

珍珠和紫羅蘭立刻撲上來。

珊瑚在旁急得想用火焰燒融手腳上的寒冰。

翡翠甩去腦袋的暈眩，一時忘了瑪瑙先前的眼神，心急如焚地看向屋子大門。

瓦爾西鎮的鐘聲已經停歇，濃稠深暗的黑夜籠罩下來，最後一縷霞光被徹底吞噬。

街道外傳來了模糊的慘叫，此起彼落，在暗夜中彷如令人毛骨悚然的樂章。

屋內所有人的目光都落在門口處。

大金羊的前蹄撲在了門內，半截身子卻還掛在門外。

屋內針落可聞，時間在緊繃的安靜中流逝。

一秒鐘、兩秒鐘、三秒鐘……直到整整一分鐘過去了，桑回依舊還在原地。

沒有瓦解成沙，也沒有在他們面前消失。

大夥繃住的身體倏然放鬆，還能聽到珊瑚露骨的吐氣聲。

「先進來！」即使滿肚子疑惑，翡翠還是連忙撐起身，和紫羅蘭同心協力地將金羊化的桑回使勁拖進屋子內，順帶將大門關上。

金羊比想像中的還要沉重許多，翡翠邊拖邊忍不住直盯著那身健碩結實的羊肉，眼裡不自覺流露出渴望的光芒。

桑回本能地一抖，像被火燙到似地從地上跳起，眨眼又恢復成年輕男人的模樣。

桑回微弓著身體，一陣猛烈的咳嗽過後，才倚著牆慢慢地滑坐下來。蒼白的面容寫著病倦，金棕色的眼中還帶著一絲茫然，像是對自己能安然無事感到驚訝。

「桑回沒有變成沙子！」將寒冰盡數燒去的珊瑚跑到桑回身邊，從頭打量到腳，還忍不住用指尖戳戳。

見對方沒有被自己一戳就化成滿地沙子，珊瑚眉眼鬆展，回復原本的鮮活恣意，就連好奇心也跟著像竄起的火苗迅速增長。

「那珊瑚大人要開門看看外面囉？」珊瑚嘴上詢問著，身體已經有了動作。她飛快地站到門前，旋動門把將大門一拉。

「珊瑚！」翡翠看到這幕幾乎要肝膽俱裂了。

珍珠的嘴角抿成平直，泛著銀白光芒的結界快一步設立在門框處，不讓珊瑚有膽大妄爲的機會。

珊瑚縮著肩頭，「珊瑚大人沒眞的要出去啦……我那麼聰明，當然知道什麼可以做，什麼不可以做。」

「妳要是聰明，世界上就沒蠢蛋了，妳這個蠢貨。」瑪瑙不著痕跡地與綠髮青年拉開距離，射向珊瑚的目光比霜雪還要寒冷，「妳大可以試試，我會叫珍珠不准阻止妳主動找死。」

翡翠震驚地看向瑪瑙，似乎沒想到會從他口中聽見這般冷酷的話語。

「真的啦！」珊瑚著急地跺了跺腳，「絕對不會跑出去的！」

「妳要是……」珍珠語帶警告。

「不會、不會，要是沒照做就把珊瑚大人關起來！」珊瑚忙不迭發誓，「你們不想看看外面現在變怎樣嗎？」

這句話說動了珍珠，她將結界撤除，屋外的景象頓時進入眾人眼內。

不知何時，淡如稀釋牛奶的霧氣進入了街道，分散成絲絲縷縷，飄浮在夜氣之中。石板路上空無一人，對邊的房屋全都門窗緊閉，先前的慘叫聲也消逸無蹤，彷彿只是一場幻覺。

瓦爾西鎮恢復了寂靜。

珊瑚往外東張西望，除了稀淡的白霧外，沒看到其他異物，她再仰高頭，瞧見上方懸浮著一個巨大的月亮。

「你們看，好大！」珊瑚驚呼出聲，手指往門外比，指尖卻撞上了一堵硬物，「咦？咦咦咦咦？有東西擋在門外！」

緊守在珊瑚身邊的翡翠馬上試探地摸向門外，卻發現碰到了阻力，彷彿有一堵透明的牆壁封住了向外的通道。

翡翠一愣，這情景讓他想起下午在瓦爾西鎮邊界碰到的狀況。

接著他又想到那條鎮內規則——若進入夜晚，鐘聲響起，請回到屋內待著，屋子會保護你。

屋子會保護……難道說這就是他們出不去的原因？

「我試試。」桑回慢慢站起，手臂往門外探出，一樣是摸到隱形的壁面。

桑回上下摸索一番，還是沒有發現任何縫隙，即使他試著跨開大步也是一樣會撞到障壁。

可先前……在鐘聲響完之後，他分明還有半截身體掛在屋外，沒有遭受阻礙。

爲什麼現在反而不行了？現在和剛剛最大的差別是……

桑回驀地看向自己的手，那是一隻修長、屬於人類的手。

「我再試一次，你們別過來。」桑回深呼吸了下，轉眼再變回捲毛蓬鬆的大金羊。沒給其他人反應的時間，他果決地往門外踏出一步——

他成功踏出去了。

翡翠瞪大眼，來到嘴邊的制止硬生生吞下。他緊盯著桑回的一舉一動，只要一有不對勁，就要用最快速度把對方拽回來。

發現自己沒有受到阻撓，桑回表面力持鎮靜，他不想讓自己的忐忑影響翡翠他們。他維持著沉穩的步子繼續往外，一步、兩步、三步……他步伐穩健，沒人知道羊毛下的肌肉其實是緊繃的。

屋內眾人忍不住跟著屏住呼吸，他們目送著桑回往外走，心裡七上八下，沒人知道下一刻會發生什麼事。

然後……

桑回完全站在街道上了，他還是好端端的，什麼事情也沒有發生。

他猛地回過頭，羊臉上露出明顯的喜悅，那雙眼睛更是亮起驚人的光芒。

「啊靠……幸好。」翡翠慜得胸口都有些發痛了，他暢快地吐出一大口氣，回給桑回一記大拇指。

「嚇死珊瑚大人啦……」珊瑚也跟著猛拍心口，心跳快得亂七八糟，「但是爲什麼啊？」

珊瑚仍想不透，可其他人的心中同時有個答案呼之欲出。

變成金羊的桑回既不是本地人，也不是外地人。

他不再受到鎮內規則的限制了。

第8章

來到瓦爾西鎮的第一天晚上，桑回成功利用規則的漏洞在鎮上四處穿梭遊走，尋找所謂外地人的殘渣，試圖獲取關於這座古怪小鎮的更多線索。

安全起見，屬於非人範疇的斯利斐爾和紫羅蘭也會跟著一同外出。只是接連幾天下來，都不曾碰到白色之人。

倒是觀察到小鎮的黑夜景象總是一成不變。巨大的銀白色半月懸掛在鐘樓之上，散發出瑩瑩光輝。

街上沒有任何人煙，縱使屋舍裡亮著燈火，卻從來沒有傳出人聲，絲線般的薄霧則如活物緩緩飄盪。

相較於街道上的淡薄白霧，簇擁在月亮周遭的霧氣卻濃得如同成疊堆積的雲海，讓人無法窺探月亮外的暗闇天空。

而白晝時，他們就在鎮上找尋其他冒險獵人，好集結起眾人的力量，就等未來的某天伺機而動。

如今算上他們，當初登島的數百人只剩下不到七十人。其中包括翡翠他們曾碰見的約翰冒險團、利劍冒險團，還有一部分加雅傭兵。

另外他們也製作了一份地圖，上頭標出有紅屋頂的服飾店位置。

幾乎每隔兩、三條街就會看到一間，不管是外觀或內部，看起來都是普通的店家，裡頭掛滿一件件衣物。

店鋪老闆和其他鎮民一樣，都是和氣待人的態度。

雖然看不出哪裡特殊，但眾人也不敢忽視。

鎮內規則有提到，一旦被發現是外地人就要趕緊穿上鎮民的衣服，而衣服限定於在這些有紅屋頂的店內獲得。

如果出現意外，這些店家可以說就是救命繩索了。

不知不覺，翡翠等人來到瓦爾西鎮上也已經七天。

他們被困在這座宛如牢籠的城鎮上，出不去，也無法和外界聯絡。即使想等加雅救援，也必須再等上十多天才有機會。

那時候，他們才會再派船隻前來海棘島。

而自從第一晚過後，翡翠發覺到小精靈們似乎與他更加疏離了。

不，用「都」也不太對。

珊瑚還是一樣大剌剌、想到什麼就說什麼的直率態度。

她從不掩飾對翡翠的好奇，時常可以看見她像小動物般瞅著他不放，有時還會不知不覺湊得太近，幾乎貼到翡翠身上。

嚴格來說，是瑪瑙和珍珠與翡翠疏遠了。

他們對他本就淡漠，然而自驚心動魄的那一日後，他們就像刻意與他拉開距離，一天下來可能沒說得上一、兩句話。

翡翠表面若無其事，心裡藏著深深失落。

可他清楚，以現今雙方陌生人的關係來看，瑪瑙、珍珠會有如此的反應倒也正常。

陷入低潮的翡翠沒察覺到，不經意間，瑪瑙和珍珠的目光總是若有似無地瞥向他，看著他像在看一道他們無法理解的謎題。

這一晚，桑回照舊與紫羅蘭、斯利斐爾外出調查。

由於原形在陸上不便行動，紫羅蘭待在桑回背上，身邊環繞著自己凝結出的水膜，好讓空氣不會太過乾燥。

即使已經不是第一回在夜晚來到街上，桑回和紫羅蘭依舊保持著高度警戒，緊張感就像一條繃緊的線緊扯著他們背部不放。

瓦爾西鎮有太多古怪的地方了，誰也不知道這一天會不會和昨天、前天一樣，安然度過。

變成大金羊的桑回邁著蹄子，噠噠噠地踏在石板路面上。他背上的紫羅蘭操控著水珠，讓它們代替自己的眼睛到更前方偵查狀況。

一羊一蝦都不是多話的性子，尤其在隨時可能會面臨未知危險的情況下，他們顯得更加靜默。

而飛繞在他們周邊的斯利斐爾更是令他們的神經下意識緊繃。

倏然間，水珠微微震動，傳來了回饋。

「有東西出現了，就在兩個街口後。」紫羅蘭輕聲說道，過了一會又說道，「右邊街上也有東西。」

「在下去右邊。」空中的斯利斐爾拋下話，一轉眼便消失在桑回他們眼前。斯利斐爾離開，那股無形中令人緊繃、像有密密麻麻小針在刺的感覺也跟著消散。桑回和紫羅蘭不約而同地鬆了口氣。

雖說已一同行動了好幾天，他們依然難以習慣斯利斐爾天生散發出來的威壓。那股氣勢，就算是變成光球也仍舊存在。

「呼……」桑回吐出一口長長的氣，羊臉上出現人性化的放鬆表情，「翡翠居然有辦法和斯利斐爾長時間相處。」

「不愧是我的恩人，就是不一樣。」紫羅蘭與有榮焉地動了動觸鬚。

桑回不禁沉默，假如從翡翠能把自己同伴放上菜單的角度來看，那他的確是有夠不一樣的。

估計全大陸上都找不到像他這麼爲吃執著的傢伙。

桑回甩甩腦袋，覺得還是別和紫羅蘭深入討論，畢竟他們倆的觀點天差地別——紫羅蘭可是一天到晚都恨不得能主動跳進翡翠嘴巴裡。

「它們要來了。」紫羅蘭驀地又出聲，他的聲音像水滴落在夜氣裡，震顫出淺淺的漣漪。

桑回的警戒來到最高點，腳步也沒放慢，主動迎向了紫羅蘭先前提及的位置。

白霧像活物慢悠悠地飄浮在他們周圍，城鎮裡除了桑回的腳步聲外，不知不覺出現了其他聲音。

有人在窸窸窣窣地低語。

話聲隨著霧氣在街道上擴散，來到桑回他們耳邊時已碎得模模糊糊。

桑回耳朵動了動，即刻加快速度，紫羅蘭的水珠在他身前爲他領路。

他們來到了第二個街口，越過沉默佇立在月光下的路燈。

朦朧的暈黃光輝灑落在霧氣間，像淡黃的水波在路面上浮浮沉沉。

氤氳霧氣中，桑回和紫羅蘭看見了白色的瘦長影子。

一、二、三……三道白色人影搖搖晃晃地走在路上。

它們手腳很長，手的長度直到膝蓋間，即便有著人形的輪廓，但古怪的比例讓它們透出異常。

它們全身都是白色的，臉上沒有五官，可細語聲卻不停地自它們體內傳來。

那就是白色之人。

外地人留下的殘渣。

桑回往建築物的陰影內退去，染上路燈色澤的淡霧多少為他的金羊毛做了掩護。

桑回不確定白色之人能否視物，但他也做好了應對的準備。情況稍有不對勁，便會馬上撤退。

白色之人前進速度不快，它們維持著搖晃的姿態，從遠處看，活像是醉酒的人。

隨著它們越漸靠近，那些呢喃低語也漸漸聽得清楚。

白色之人在窸窸窣窣地講著話。

「鎮民是危險的，鐘樓可以擋住他們……」

「月亮是偉大的……」

「瓦爾西鎮將會一直存在……」

「特殊之日就快到來……」

「還有五天……」

「再五天……」

白色之人經過了桑回他們的藏身之處，未曾停留地繼續往前走。

它們走進了迷濛的霧氣中，在身形跟著潰散成白霧的前一瞬，一句清晰細語飄落到桑回和紫羅蘭耳畔。

「——鎮民會把歸來的新娘們送給眞神。」

從白色之人那獲得消息後，翡翠他們立即將資訊分享給鎮上的冒險獵人。

那些有女性成員的冒險團立即升起了高度戒備，就怕自己的同伴會被選爲新娘。

桑回等人對新娘的事也極爲看重，畢竟他們除了有珍珠、珊瑚這兩位美麗少女外……

還有翡翠。

翡翠的美貌超脫性別，任誰看到他那張臉，都不會質疑他被挑選爲新娘的可能性。

而藉由「眞神」、「新娘」這幾個關鍵字，翡翠幾人也順利從鎮民那打聽到更進一步的資訊。

有關特殊之日。

在這一天夜晚，白色之人不會出現，本地人短暫外出是被允許的。

在夜間另一波的三聲鐘響響起之前，他們有重要的職責在身。他們要找到被選中的新娘，將新娘精心打扮過，再送給最偉大的眞神。

斯利斐爾比誰都還積極地催促翡翠一定要找到那個冒充眞神的存在。

眞神代理人絕對不允許任何人污衊眞神。

五天的時間轉瞬即逝，一下就來到了瓦爾西鎮的特殊之日。

這一天從早上開始，冒險獵人就在做著各種準備，除了要面對入夜時可能面臨的混亂外，也企圖從中挖掘到關於失蹤護衛隊的消息。

基於白色之人曾說過鐘樓是安全的，可以阻擋鎮民，有些人還想著乾脆先躲進鐘樓裡。可鐘樓大門依舊深鎖，還有警衛般的人物嚴守在外。

那些人只好放棄這個主意，改搬到住在臨近鐘樓的冒險獵人家裡。起碼到時眞發生什麼意外，還能往鐘樓跟旁邊的紅屋頂服飾店裡面躲。

翡翠一夥人在這一天沒有外出，而是選擇待在棕黃小屋裡，等著鐘聲響起，黑夜正式降臨。

天色暗得很快。

當第一聲鐘聲響起，翡翠將斯利斐爾扔給了桑回，要他們到屋頂上守望，從高處留意四周。

要是有什麼狀況，就由斯利斐爾即時轉述給翡翠，讓他們能迅速做出應對措施。

當那顆銀白色光球往自己砸來，桑回嚇得差點噴出一口血，他慌得手足無措，最後趕緊往旁站一大步。

斯利斐爾看也不看桑回一眼，自顧自地往樓上飛去。

桑回投給翡翠哀怨的一眼，拖著身體也踏上樓梯。

從一樓窗戶望出去，看不出什麼異常動靜。

雖說特殊之日的夜晚可以外出，但外面的店家還是一如往常地趕在鐘聲響起之前早早收拾。

街道上看起來冷冷清清，一下子就看不見他人蹤影。

「好無聊啊……珊瑚大人可以出去了吧。」珊瑚湊在翡翠身邊，將臉貼在窗玻璃上面，毫不在意地將明麗的五官擠壓成一團，「都沒人啊。真的會有人出來嗎？真的可以打聽到那些失蹤人的消息嗎？明明之前都問不出來呀……」

「耐心。」珍珠坐在後面看書，只是她的閱讀姿勢和往昔不同。她不是低著頭，反而將書舉得高高的，幾乎將整張臉遮住，只露出一雙眼睛，「就是因爲之前都問不到，才要在特殊之日試試看。」

明眼人一看就會發現，這名少女看的不是書，分明是正前方背對她的綠髮青年。

「耐心又不能吃。」珊瑚看一成不變的街景看膩了，跑到珍珠身邊蹲著，「珍珠，妳幹嘛要一直偷看惠窈？」

「妳……妳說什麼？」珍珠素來恬靜的神情碎裂，眉眼間罕見地出現一絲慌亂。但也只是一瞬，很快她就恢復沉穩，然後不客氣地把書拍上珊瑚的頭頂，「妳看錯了。」

「幹嘛打我啦，我明明就沒有。」珊瑚摀著腦袋，不平地瞪大了眼睛，「可惡，下次珊瑚大人要拿映畫石存……好痛！」

「我看妳是太無聊才在胡言亂語。」珍珠面帶淺笑地拿書再拍了一次珊瑚的腦袋，「妳要是做那種事，我就把妳跟瑪瑙關一起。」

珊瑚望了瑪瑙一眼，臉孔扭曲一瞬，由此可看得出這對她是多恐怖的一種折磨。

珍珠用眼角偷偷瞄向窗前，發現綠髮青年的注意力似乎都放在外面，一時間也分不清自己的心情是鬆口氣還是失望。

有了珍珠這前車之鑑，珊瑚把還沒說完的話嚥下肚。

其實，就連瑪瑙也在偷偷看那個惠窈啊……瑪瑙和珍珠都好奇怪喔，要看就光明正大看，像自己一樣不就好了？

珊瑚縮著肩膀，目光重新痴痴地投回青年背上。她也不曉得怎麼回事，就好像怎麼看也看不膩。

翡翠正好在跟斯利斐爾進行腦中對談，還眞的沒留意到後方的小小騷動。

「有看到什麼嗎？我是不是也該出去外面看看？」

「收起您的主意，您別忘了您可能也會被選爲新娘。」

「人長得太美這也沒辦法嘛。」

「您說的沒錯，畢竟那是您唯一足以稱道的優點了。」

翡翠早就習慣斯利斐爾這種夾槍帶棍的嘲弄方式，他也不計較，反正他可以等斯利斐爾下來後狠狠揉捏他一頓。

「我看到對面的人走出來了。」翡翠忽地出聲，這話不單是說給斯利斐爾聽，也說給一樓的其他人聽。

珊瑚最快跳起來，比紫羅蘭、珍珠、瑪瑙都還要快地衝到窗邊。

珊瑚看到了在這些天認識的花店阿姨、鐵匠大叔、雜貨店白鬍子的老闆，還有隔壁的鄰居大嬸。

還有更多的人陸陸續續從屋內走出，他們神情冷靜，手裡持握著刀、剪、斧……等等利器。

「不只是對面，更外面的幾條街也是。」斯利斐爾似乎直接飛到高空俯視，「在下看得到的地方，每間屋子都有人走出來。」

「他們要走去……」翡翠的聲音忽然斷了一下，他對上幾位鎮民的視線，那些人的腳步頓時往他們這幢小屋轉過來了，「靠！還真的是選中我們這邊的人當新娘嗎？」

翡翠連忙想通知大家，但他一轉過頭，黑眸瞬時震驚睜圓。

「你、你們……你們在發光！」

不只翡翠有這樣劇烈的反應，就連紫羅蘭、珊瑚、珍珠、瑪瑙也是面露錯愕。

他們也看到翡翠在發光。

「匕……」紫羅蘭險些就要脫口喊出翡翠的名字，好在理智及時阻止了他，「惠窈，你……你也在發光！」

「什麼？我也是？」翡翠更震驚了，同時在心底拚命呼喊著斯利斐爾，「快下來，我們這有狀況了！」

桑回和斯利斐爾立時回到一樓。

翡翠的震驚程度瞬間又拔高，桑回居然沒發光！

屋內燈光大亮，但還是能清楚瞧見桑回以外的人周身都有一圈淡淡的碧色螢光。假如走在暗夜的街頭，無疑是最顯眼的存在。

無緣無故，怎麼會突然發光？彷彿是在打上記號……

一個荒謬的猜想隨即躍上眾人心頭。

被選中的新娘！

「不是吧，難道說會發光的都是新娘？」翡翠吸了一口氣，震驚於這個神的胃口如此之大，「那這神也太不挑了吧，全都要啊！」

「不是全，我沒……咳咳咳咳！」桑回掩著嘴爲自己正名，他可不是新娘。

「那不過是假借神之名的垃圾而已。」斯利斐爾冷峭地說，對翡翠稱那種東西爲神相當不悅，「您直接喊他垃圾就可以了。」

翡翠才不理他，現在重點是鎮民們要過來找新娘了。

「先離開這裡再說。」翡翠衝去把門窗鎖緊，好延遲外頭鎮民找進來的時間。

沒人對翡翠的提議有意見。

一樓外都是人，他們決定改從二樓離開。

從二樓窗戶攀爬到屋頂對眾人並不是難事，片刻後他們就全站到了屋頂上。底下是聚集的人潮，已經有人拿著棍棒往門窗砸，玻璃破碎的聲音在夜間聽來讓人驚心動魄。

翡翠他們保持安靜，快速地在各棟屋子相連的屋頂上前進。

當來到更高的屋頂上，他們看到其他街道上也有碧色光團在移動，就像是散落在鎮中的發光螢火蟲。

鎮民們手拿各式各樣的武器，像群狂熱的信徒追逐在那些螢火蟲之後，間或聽見冒險獵人的怒吼或咒罵響起，像首亂糟糟的刺耳樂曲。

按照翡翠幾人的計畫，他們打算藏好行蹤，尾隨在鎮民身後，觀察他們究竟要將新娘送到何處，再順勢潛入，並查探這當中會不會有護衛隊的下落。

只是望著眼下鬧哄哄的景象，翡翠心中驀地有個主意浮上。

與其被動等待，不如主動深入敵營，還可以來個裡應外合。

簡單來說，就是讓他來當那個餌，靠著他和斯利斐爾的聯繫，一有任何不對，他也能及時做出反應。

「你們先走，照原本計畫行動。」翡翠頓住腳步，以氣聲說道：「要是有問題就往鐘樓衝，小鬆餅也跟著你們。」

「你呢？」紫羅蘭目露憂心，「我跟你一起吧。」

「不不，我一人就可以，我負責去當內應，你們等我消息，小鬆餅會幫忙傳達。」

斯利斐爾充耳不聞，動也不動，他對「小鬆餅」這個稱呼可說是充滿嫌棄。

翡翠也不管斯利斐爾怎麼想，一把掐住光團就往桑回懷裡塞。

桑回身上的寒毛根根豎立，他反射性往後連退，可沒想到一片本就鬆動的屋瓦被他這麼一踩踏，頓時發出明顯聲響。

那聲音落在寂夜裡，就像煙花爆開，霎時引起下方人群的注意。

「我看到克萊兒姊姊他們了！是新娘子，新娘子在那邊！」

底下馬上有人指著屋頂大喊，那是總在棕黃小屋附近街口遊玩的孩子王湯米。

所有人抬起頭，一雙雙眼睛全看向了翡翠他們。

這下子，翡翠等人的蹤跡徹底曝光。

「約瑟芬，你們快下來啊。」說話的是花店的阿姨，她笑起來眼睛會瞇成一條線，「快讓我們好好替你們打扮一番，你們可是被選中要送給眞神的新娘。」

「要怎麼打扮，換新衣服嗎？」被那麼多雙眼睛盯著不放，珊瑚也不覺得害怕，反而興致盎然地盯回去。

雜貨店的白鬍子老闆笑得和氣，「打扮新娘子的方法很簡單的，雖然會痛一下。」

「噫，才不要痛！珊瑚大人最討厭痛了！」珊瑚的臉色立即垮下。

「只是一下下啦，約瑟芬姊姊妳別怕！」湯米拉高嗓子，「只是把手腳砍下來，全身紅紅的新娘子才會漂亮！」

「眞的很漂亮喔！」總是和湯米玩在一塊的孩童們也齊聲附和，那一雙雙眼睛都亮晶晶的，彷彿迫不及待想看見翡翠他們完成新娘的打扮，「快下來嘛，我們會一起幫忙的，大家會一起幫忙的！」

那些天真稚嫩的話語落入耳中，只教人感到毛骨悚然。

翡翠果斷掐熄想要當誘餌的一顆心，他一點也不想白白送上自己的手腳。

「快離開！」翡翠連聲催促。

發現翡翠一行人想從自己眼皮下溜走，鎮民自然不會同意。他們緊圍著那排建物奔走，也有人跑進了屋內，似乎想從裡面攀爬到屋頂上。

更有人直接高喊，「克萊兒的哥哥，你別忘了本地人的職責，替新娘打扮和護送新娘都是大家該做的！你難道不想盡你的義務，只有外地人才會無視，你是外地人還是本地人？」

「他不肯做，那就是外地人了！他是外地人！」夜晚下的吶喊格外嘹亮。

涼意襲過後頸，翡翠頓覺不妙。

克萊兒的哥哥有兩個，紫羅蘭在發光，已經被算成新娘了。那麼就只剩下……

桑回！

鎮民眼神冰冷，像一枝枝毒箭毫不留情地射至桑回身上。

若桑回不成爲幫凶，那麼他就會被判定爲外地人，三分鐘一過便瓦解成滿地沙粒。

「伊斯坦先生不是本地人也不是外地人。」珍珠沉靜的聲音如流水穿過下方那些沸騰的叫嚷，「對吧，伊斯坦先生。」

桑回咳了幾聲，缺乏血色的病容上勾起淡淡的笑意。

下一秒，砂金髮色的男人消失，換成一隻大金羊棲停在屋頂上。

隨著桑回人形的消逸，前一刻的騷動瞬間平息。鎮民就像忘記了他的存在，目光直接掠過他，彷彿那裡什麼也不曾存在。

危機解除的桑回卻沒有因此露出放鬆的表情，他眺望著不時傳出尖叫和怒號的鄰近街道，心中有了決斷。

「你們先走，我得去幫其他冒險獵人。」桑回用腦袋頂頂翡翠，以行動催促，「不用擔心我這邊，你們快走吧，下面很快就會有人上來了。」

正如桑回所說，屋內發出的響動越來越接近他們，還能瞧見窗邊有人影晃動。

再過不了多久，那些闖進屋內的人就會利用窗戶爬到屋頂上了。

假使才剛認識桑回不久，或許翡翠眞的會照對方所說的去做。

他一貫沒心沒肺，無關之人的死活不在他的在意範圍。

但現在不一樣了。

「說什麼話，我哪可能拋下食……朋友不管。」翡翠飛快摸了下桑回的大腦袋，那毛茸茸的觸感讓他忍不住又多摸幾把，「瑪瑙你們……」

「我們的行動由我們自己決定，輪不到你對我們指手畫腳。」瑪瑙的目光只在翡翠臉上停留不到一秒就移走，好似多看一眼都會讓他感到厭惡。

那避之唯恐不及的姿態讓翡翠感到喉頭湧上一陣酸苦，但也只能用力嚥下。畢竟會演變成現今的局面，都是他自己一手造成的。

翡翠猛地回頭再抱住桑回結實的身軀，靠著羊肉的撫慰暫時驅散心頭的鬱悶。

桑回的四隻蹄子在屋頂上本就不好保持平衡，被翡翠一抱，嚇得他登時腳下一滑，連帶著也將翡翠往下一拖。

眼看一人一羊就要一塊往下摔，桑回乾脆奮力甩動身子，將翡翠扔到自己背上，四蹄再猛力發勁，直接將屋頂當成助跑坡道。

毛皮燦亮的大金羊馱著翡翠直接往下一躍，像道金色流星墜入了下方的街道。

珊瑚的眼睛亮起，她高舉雙生杖，氣勢高昂地大叫一聲：

「繁星冒險團，一起衝啊——」

第9章

珍珠白的月光照亮外邊街道，巨大的銀白半月被霧氣環繞。

隨著宏亮悠遠的第十二聲鐘響結束，本該如以往籠罩在整座瓦爾西鎮的寂靜被屋外騷動撕裂。

砸破玻璃的巨響驚動了屋內數十人，他們是由兩個冒險團外加幾名加雅傭兵組成。

原本這棟屋子只有約翰冒險團居住，但前些時日大夥都收到桑回等人的通知，得知今晚將是這座城鎮的特殊之日，而鐘樓可以阻擋鎮民。

爲了安全，住得遠的利劍冒險團和加雅傭兵便搬來這與約翰冒險團擠一擠，好在危急時可以在最短時間直奔鐘樓。

一票大男人將不大的屋子塞得幾乎沒多餘通道可走。誰也不敢在關鍵的這一夜放鬆警惕，皆全神貫注地待在一樓留意外頭動靜，就怕鎮民可能會闖進屋內搶走新娘。

沒人知道新娘的選擇標準是什麼，但「女性」想必是最基本的條件。

而約翰冒險團中，正好有一位女性成員。

身為唯一女性的狄蜜亞其實不覺得自己會被挑上。她長得高壯結實，體格與男人相比絲毫不遜色，她對自己一身鍛鍊出來的肌肉也相當引以為傲。

說起「新娘」這兩個字，怎麼想都應該會選漂亮柔弱的女人才對。

但同伴們的緊張無形中也影響了她，她緊握著武器，全身肌肉繃得緊緊，好隨時可以進入戰鬥狀態。

接著那道響亮的聲響便進入了眾人耳中。

不知道是哪一間屋子的玻璃窗被破壞，但聲音聽起來很近，近到讓屋內的冒險獵人和傭兵反射性衝向窗邊查看。

狄蜜亞被擋在後面，即使她身材高大，但一時也難以突破前排由男人組成的肌肉之海。

「怎麼回事？外面發生什……」狄蜜亞的追問驀地斷成兩截，她倒抽一口氣，不敢置信地看著眼前光景，「真神在上……團長、副團長你們在發光！」

「什麼？狄蜜亞妳在說……」被點名的萊恩和雷恩同時回頭，他們是一對兄弟，相仿的五官在瞧見狄蜜亞時染上錯愕，「妳妳妳，為什麼妳在發光？還是綠色的光！」

「你們也是綠的！等等，連我也……」狄蜜亞連忙伸出雙手，淡淡的綠光映入她大睜的眼中。

不僅約翰冒險團，利劍冒險團和加雅傭兵也都各有好幾人身周發出綠光。

一群發光的人擠在屋子裡，本來還稍嫌幽暗的一樓立刻被映得大亮。

慌亂迅速蔓延開來。

冒出綠光的人焦慮地摸著自己全身上下，就怕哪裡出了問題。

可很快地，誰也無暇去弄明白發光緣由。

屋外有一波鎮民注意到他們的存在，快步往這裡靠過來了。

「哈維，你帶你們的人往後面，我們從上面！」約翰冒險團的團長萊恩當機立斷大喊，也不管利劍冒險團的人是否做出反應，他帶著自個兒團員飛快往二樓奔去。

「嘖！」同樣身為一團之長的哈維彈了下舌，大手一揮，「大夥們，該閃了！」

利劍冒險團和約翰冒險團搶在鎮民突破屋子防守前急急撤退，剩下的四名傭兵恍神一瞬，也緊急從這間屋子離開。

萊恩帶著團員們衝上二樓，他最先從窗戶翻上屋頂，再將團員一個個接應上去。待在屋內還看不清楚，一站到高處，約翰冒險團登時發現原來不只他們幾人發光，街上到處可以瞧見其他綠光人影。

約翰冒險團沒有在原地逗留，他們一口氣往前衝刺，矗立在最前方的鐘樓就是他們的終點。

不僅是約翰冒險團，街上四處奔跑的冒險獵人和加雅傭兵都有著共同的目的地。他們全速前進，對於試圖攔阻他們的鎮民都是儘可能將人擊暈。

不管如何，那些人只是普通的平民百姓，白日還如此和善可親地對待他們，此時展現的一面更可能是受到「那個神」的操弄。

約翰冒險團半點也不相信鎮民說的眞神，就是羅德、謝芙兩位神祇。

眞神是崇高的、偉大的，是不容褻瀆的。

瓦爾西鎮的眞神，只可能是假借眞神名義的邪惡之物！

鎮上四處呈現混亂，無論男女老少，瓦爾西鎮的鎮民無一不是拿著可以充當武器的物品，緊追在各個發光的身影之後。

約翰冒險團從高處看，自然沒有疏漏這一幕。

他們推論出那團綠光恐怕就是一種記號，這些發光的人，便是鎮民選中的新娘。想到自己一個堂堂男子漢居然被當成新娘，萊恩忍不住露出難以言喻的表情。

「團長，那邊！」狄蜜亞倏地腳步一頓，眼角餘光瞥見有落單的女性冒險獵人被多個鎮民堵住，「我去幫她，你們先往鐘樓去，我很快就會追上去的！」

不等萊恩發話，狄蜜亞身手矯健地從屋簷滑下，一下就衝進人群，手上抓的大鎚舞得虎虎生風。

她掌握好力道，一鎚揮過去只是奪取鎮民的意識或行動力，讓他們癱軟在地，而不是讓他們腦袋開花。

「狄蜜亞！」萊恩要阻止已來不及，他重重地彈了下舌，也不可能放著同伴不管。發現底下還有其他被做上記號的冒險獵人陷入困境，他乾脆大手一揮，下達指示，「能幫的就盡量幫，但還是自己安全爲上，半小時後鐘樓集合！聽見了沒有！」

「聽見了！」約翰冒險團的成員異口同聲地大喊。

他們精神十足的吶喊聲落入狄蜜亞耳中，她勾起笑，雙眼越發熾亮，像暗夜中熊熊燃燒的火炬。

狄蜜亞如凶悍的烈馬橫衝直撞，一下便趕至那女冒險獵人身旁。

她掄高鎚子，手臂肌肉賁起，挾帶凌厲威勢將試圖攻擊鬈髮女子的鎮民一口氣掃盪出去，爲她們換取一個安全的空間。

「妳沒事吧？」狄蜜亞側頭詢問，「我是約翰冒險團的狄蜜亞。」

「愛蓮恩，自由獵人。謝謝妳。」鬈髮女子簡潔地說。

自由獵人就是沒有加入任何團隊、執行委託時獨來獨往的冒險獵人。

狄蜜亞對愛蓮恩隻身一人能撐到現在不禁感到幾分欽佩。

「妳也是要趕到鐘樓的吧，我們趕緊走吧。」狄蜜亞看見那些被自己逼退的鎮民再度聚攏。

愛蓮恩提著長劍，毫無猶豫地跟著狄蜜亞往前衝。

更多人影從四面八方擁了上來，宛如嗅到血腥味的鯊魚，窮追不捨。

鎮民一邊跑，一邊喃喃細語，那些窸窸窣窣的話聲用不了多久就匯集成驚人的波浪，在鎮上各條街道掀起了驚濤駭浪。

「抓住新娘，爲新娘裝扮！」

「砍掉新娘的手腳，用他們的鮮血妝點，讓他們成爲最美的新娘！」

「爲眞神，爲偉大的眞神……」

「送上新娘！」

當陣陣喊聲進入狄蜜亞與愛蓮恩耳中，兩人臉色不禁大變，誰也沒想到所謂的新娘，竟然還要先遭到這種迫害。

絕不能落入這些人手中！

兩名女性對望一眼，加快了腳下速度，出手也越來越粗暴。這時頂多是讓敵方不致死，過重的力道會否造成什麼傷害，她們已無暇考量。

狄蜜亞的注意力都放在周遭，於是便疏忽了來自上方的偷襲。

當她捕捉到頭頂處傳來破風聲已來不及閃躲，腦袋和肩膀瞬間迎來一陣劇痛。

狄蜜亞眼前一陣發黑，身體也踉蹌不穩，落到她腳邊的是幾個摔碎的盆栽。

「狄蜜亞！」愛蓮恩眼疾手快地攙扶對方，飛快抬頭向上一望，瞳孔瞬縮。

幾張稚氣天眞的臉龐從窗口探出，在白日時總會纏著他們玩鬧、索要糖果的小孩與她對視。小孩們臉上揚起大大笑容，手裡也捧著又一盆盆栽。

然後毫不留情地往下扔砸。

愛蓮恩急忙攙著狄蜜亞躲開，但前方仍有鎭民逼近，那些刀、斧、棍棒舉起，一張張臉孔在月夜下顯得猙獰陰森。

千鈞一髮之際，一道魁梧壯碩的身影撞開了意圖傷害她們的幾個鎭民。

「往這邊！」男人一把拉過狄蜜亞的手臂，替愛蓮恩負擔了重量。

愛蓮恩從衣上的徽紋辨認出這人是加雅的雇傭兵，她鬆口氣，急促跟上對方腳步。

被撞倒的中年男人從地上爬起，他搗著腦袋，尖銳地大叫，「本地人就該盡本地人的職責，你是本地人還是外地人？」

「我當然是本地人！」身爲加雅傭兵的艾略特想也不想地高聲回覆，他曾目睹同伴在面前化爲一地沙粒的恐怖景象，自然知曉這時候該怎麼回答。

可他萬萬沒料到，在聽見他的答案後，鎭民們的追問沒有因此停止，反而鍥而不捨地從後追上來。

「是本地人就該爲新娘打扮，再護送他們給眞神。你不動手，就證明你是外地人！」

「鎭裡不歡迎外地人！」

「外地人只能成爲無用的垃圾！」

艾略特臉色發白，冷汗直冒，他握著兵器的手指發冷，永遠也忘不了自己同伴們崩散成沙的那一幕。

我也要……我也要變成那樣了嗎？

我不想！

可是要我對這兩個女獵人刀刃相向，我也……做不到。

「得在三分鐘內，找到紅屋頂的服飾店……」狄蜜亞強忍著暈眩，撐起腦袋，急促地四下搜尋紅屋頂的存在。

鎭內規則的其中一條：若被發現是外地人，請趕緊穿上鎭民的衣服，否則就會成爲無用的垃圾，鎭民的衣服請務必到有紅屋頂的服飾店獲得。

待在鎭上的這些日子，他們差不多把這地方都摸熟了，也發現唯有服飾店才有紅色的屋頂。

只要找到紅屋頂，那麼幫助她們的加雅傭兵就有救了。

「紅色、紅色……在那邊！」愛蓮恩眼力好，一下就從成排建築物中發現目標。

艾略特就像溺水之人驟然見到了浮木，眼底亮起驚人的光采。

三人急匆匆地趕到紅屋頂的服飾店，店內一片昏暗，看不清景象，但也不像有人在的樣子。

艾略特放開狄蜜亞，敲破門上的玻璃，伸手探入打開了門鎖，再一把推開門扇，一個箭步衝向掛滿衣物的架子前。

當狄蜜亞和愛蓮恩踏入店內，她們身上的綠光也照亮了店鋪內的模樣。

兩名女性猶如遭受雷擊，腳步被釘在原地，寒意控制不住地從腳底板直衝腦門。她們臉上失了血色，瞠大的眼眸內寫滿駭然。

艾略特沒有察覺兩人的異狀，他取下一件方便套上的大衣，手忙腳亂地就想穿在身上。

「不行！」狄蜜亞尖叫，「那個不能穿！」

「什、什麼……」艾略特被嚇了一跳，他回過身，手裡還拿著那件大衣。但在狄蜜亞和愛蓮恩的眼中，艾略特手中拿的根本不是衣物，那分明是……分明是一張人皮啊！

不只艾略特手裡那件，架上掛著的也全都是一張張外觀各異的人皮。

狄蜜亞喘著氣，發白的臉上滑下汗珠，喃喃擠出聲音，「那個眞的不行……」

她不明白這到底是怎麼回事，明明先前也曾進來過紅屋頂的服飾店，但那時架上、櫃上的，都是普通的衣裙、褲子。

爲什麼現在……卻都變成了駭人的人皮？

「不能穿，這裡的衣服絕對不能穿……」愛蓮恩驚懼地環視整間店，那些垂掛的人皮彷彿晃動了起來，在牆壁上投下的影子也好似在蠢蠢欲動。

一再被阻撓，艾略特的火氣也上來了。尤其他正面臨生死關頭，所剩時間不多，他絕對不想淪落至化沙的下場。

「別妨礙我！」艾略特毫不客氣揮開愛蓮恩想制止的手，動作飛快地將大衣套上。注意到上頭還有一個拉鍊，保險起見，他將拉鍊拉到最底端。

他鬆口氣，覺得這樣應該就安全了，他沒有違反鎮內的規則了。

但對愛蓮恩和狄蜜亞來說，她們只看見艾略特把人皮上的拉鍊拉起，那光景令她們頭皮發麻，全身浮出雞皮疙瘩。

念著艾略特先前的幫助，她們對視一眼，果斷朝前撲了過去，說什麼也要將他身上的人皮扒下來。

直覺告訴她們，那人皮絕對不能套上去！

然而她們還是慢了一步。

當艾略特將拉鍊完全拉上，套在他身上的人皮瞬間將他整個人包裹得緊緊的，連頭顱也被包覆在內。

人皮蠕動，將所有縫隙遮蓋得密密實實。

艾略特的身體緊接著出現劇烈抽搐，他就像無法控制自己般不停地抖動。

再下一瞬間，他停下了所有動作。

狄蜜亞與愛蓮恩卻沒有感到鬆口氣，相反地，她們不由自主地一步步往後退。冷汗浸滲了她們背後的布料，畏色染上她們的眼。

一切只因爲如今站在她們面前的艾略特……徹徹底底變了一個樣。

他變成了另一個陌生人。

他換了一張臉，穿著打扮和瓦爾西鎮的人一樣樸素，穿的是粗糙的布料，褲管還沾著泥土，彷彿剛從農田歸來。

狄蜜亞和愛蓮恩呆若木雞，恐懼奪走了她們的反應能力。在男人猛地撿起地上掉落的長刀、朝她們衝過來的時候，她們甚至還站在原地沒有動彈。

冰冷刀尖快速逼近，男人咧開笑，眼中充滿狂熱，「爲眞神送上最美的新娘——」

揚起的長刀揮下，眼看愛蓮恩的一條胳膊即將掉落在地。

說時遲、那時快，一束金光自外竄入，猶如最燦爛耀眼的流星映入了兩名女獵人大睜的眼瞳內——

化成金羊的桑回全速衝刺，毫不留情地將欲行凶的男人撞飛出去。

男人倒飛數公尺，撞進了衣架之間，上面的衣櫃跟著晃動，成堆衣物嘩啦嘩啦地掉落在地。

「妳們沒事吧！」在桑回衝進服飾店前已俐落躍下的翡翠穩住身子，瞧見滿室人皮時面露驚異與厭惡之色，緊接著詢問的目光投向互相攙扶的兩名女獵人。

「你是……惠窈？」狄蜜亞認得這名綠髮的貌美青年。他們冒險團初入瓦爾西鎮時也碰過他，前陣子亦是他傳遞消息過來，「我、我沒事……」

「我也沒事。」愛蓮恩在鎮上也聽過惠窈的名字，對方突出的容貌就是最顯著的特徵，「你們怎麼……」

「剛好路過。」翡翠說道：「發現這裡有問題就過來了。妳們會跑到這裡……是有人須要穿上本地人的衣服嗎？但妳們倆都是新娘……」

新娘子不會被質問是不是本地人或外地人，他們的身分本就特殊。

「是那傢伙……」暈眩感消退，稍微緩過來的狄蜜亞直起身子，看向那個被人皮掩蓋住的男人，「他本來是加雅的傭兵，幫了我們一把，但被發現是外地人。所以我們才趕緊來這，卻沒想到這裡掛的不是什麼衣服……」

「不知為何，在那人眼中看來……這裡似乎沒有異常。」愛蓮恩觀察得更仔細，「他毫不猶豫就把人皮穿上，然後……就變成另一個人，就像是真正的……當地人。」

翡翠與桑回對視一眼，在彼此眼中見到驚慄。

照她們所言，躲到紅屋頂的服飾店根本不是什麼救命方式，反而會喪失自我，真正地成爲瓦爾西鎮的居民！

「妳們還有力氣吧，快點趕去鐘樓那。」桑回對兩名女獵人說。

乍聽見金羊開口，狄蜜亞大吃一驚，可隨即又覺得聲音極爲耳熟。她愣了一會，驀然靈光一閃，憶起自己最近曾在哪裡聽過。

就在前幾天，華格那的負責人。

桑回．伊斯坦原來是幻羊族的！

大多數冒險獵人只聽聞華格那的桑回是個體弱多病、把咳血當日常的男人，對於他的來歷卻是不甚清楚。

狄蜜亞還眞沒想過，原來這名公會負責人還是個獸人。

吃驚歸吃驚，狄蜜亞也知道眼下保命更重要。她點了個頭作爲對翡翠他們的道謝，與愛蓮恩匆匆離開服飾店，直奔據說能充當避難所的鐘樓。

「在下必須提醒您。」一團銀白光球隨即自外飛進，冷淡的男聲同時落進翡翠和桑回耳中，「更多人往這裡來了。」

「翡翠，上來！」桑回立即邁開四蹄。

「叫我惠窈！」翡翠身手矯健地撲至桑回背上，迅速調整好坐姿，伏下身子，讓桑回迅速地將他帶離服飾店，趕往與紫羅蘭等人會合。

翡翠一夥人為了支援其他獵人才會在街道上逗留，他們不時幫忙攔下像陷入暴動的鎮民，讓那些獵人可以趁機逃往鐘樓。

剛才正好瞥見女獵人們遭到攻擊，才會有翡翠和桑回闖進店內救人的一幕。

而這一救，也讓他們得知了驚人的眞相。

原來所謂穿上鎮民的衣服，不過是讓人被人皮吞噬，取而代之。

「翡……」桑回才說一個字，就被騎在他背上的翡翠大力揪了一把羊毛。

「惠、窈。」翡翠拊在桑回耳邊，幾乎磨著牙地低語。

桑回一凜，這才意會到繁星冒險團就在前頭不遠處，那三人的聽覺可是比常人還要靈敏太多。

「得把人皮的事告訴其他獵人。」桑回說道。

「但不是新娘的傢伙一旦被質疑，他們也沒別的路可選。」翡翠冷靜到冷酷地說，「他們只能往紅屋頂的服飾店跑。」

「我明白。」桑回的語氣沉穩且沒有動搖，「我只是盡我的職責，這是他們該知道的消息。」

「那就再陪你一會吧，反正騎羊的滋味也很不賴。當然，要是能讓我……」

「不行、不能、不可以。」截斷翡翠句子的是斯利斐爾。他就懸浮在翡翠頭頂，將他們的對話聽得一清二楚，即使沒聽完也猜得出接下來的字眼不外乎是吃或咬之類的，「我們如今人手不足，在下不能讓您傷害重要的戰力。」

也就是說等戰力足了之後……

桑回瞬間很想把背上的人甩下。

這對主僕好歹尊重一下當事羊的羊權吧！別大剌剌地在他面前就替他擅自決定未來好嗎？

桑回將憋著的悶氣發洩在奔跑上，他跑得飛快，如黑夜中疾馳的閃電。

他輕鬆甩掉身後追趕的鎮民，與繁星冒險團順利會合後，又敏捷地躍跳至屋頂上，讓翡翠的聲音可以乘著夜風，從高處送往更遠的地方。

「紅屋頂服飾店的衣服都是人皮！只要套上，就會變成這個鬼地方的人了，你將不再是你自己——」

青年的聲音清透響亮，像是一道炫目的閃電砸落在月夜下。

「沒有綠得發亮的傢伙可以試試抓著新娘一起跑！試不試隨意，由各人決定！」

「您確定？」

「當然不確定，我只是猜的，做不做是別人的事。」

對於斯利斐爾的疑問，翡翠只是聳聳肩。

他又不是全知全能的眞神，哪曉得最後結果會怎樣。他會把這方法提出來，也不過是讓別人增加一個可能的選擇。

他提供了自己的猜測，那是他能做到的事，但不代表他要爲別人的生死買單。

那些沒被標記爲新娘的人頓如醍醐灌頂——本地人的義務是要抓新娘，那麼抓住對方的手或是衣角，也算是抓的一種了。

這個漏洞無疑讓他們看見了一線生機。

而冠有新娘身分的冒險獵人也紛紛反應過來，一發現有沒發光的同伴，立刻主動將手送上。

這個漏洞還真的奏效了。

鎮民們沒有再質疑那些人的身分，只是一心一意揮舞著武器，追著新娘跑。

見冒險獵人有了新的救命方式，桑回確實鬆了一口氣，可緊接而來驟響的鐘聲，又讓他眼神一變。

悠遠低沉的鐘聲聽在眾人耳中就像催命一樣。

所有還在街上的外來者全速衝刺。

翡翠緊抓著金羊毛，和桑回一塊在繁星冒險團和紫羅蘭後頭壓陣，只要情勢一有不對，用蠻力也要想盡辦法將他們都撞進去。

隨著第三聲鐘響即將結束，翡翠他們也驚險萬分地全數抵達。

鐘樓大門即刻被關上，一群人擠在一塊，靠著身上的綠光看清了周圍環境。

這裡就只是一個寬敞的空間，沒有擺放任何物品，可以看到一座向上的階梯。

有人點了點人數，發現目前剩下不到三十人，等於來到鎮上的倖存者又折損一半。

人們心情沉重之餘，也明白還有更重要的事要做。

那就是釐清眼下的處境。

大夥都是第一次踏入鐘樓，在確認一樓沒絲毫可疑之處後，沒有異議地讓仍是金羊狀態的桑回帶頭，一塊往樓上走去。

這座樓梯的終點是一扇對開式大門，棕色門板沒有完全密合，留下一條縫隙，有光線從後頭流洩出來。

桑回用腦袋輕輕一頂，門扇頓時往內退開。

門後相當寬敞，牆邊掛著多盞燈，多張足以容納十人左右的長椅整齊地排列。最前方設立一座高台，上面擺置著被白布蓋住的物體，從輪廓來看，像是人形。

一人快步上前，一把扯下白布，一座翠碧的人形雕塑映入眾人視野。

人像的衣服縐褶栩栩如生，手上舉著火把，可臉孔處卻沒有五官，被留了空白。

「這看起來……」一名冒險獵人喃喃地說，「好像眞神啊。但爲什麼只有一尊？不是該兩位眞神的嗎？」

聽見這話的桑回猛地繃緊身體，反應過來這地方怎麼看，就像是一間教堂。

教堂會供奉什麼？

神。

桑回像是迎面被打了一拳。

鎮內規則分明是誘餌，白色之人透露的情報更是謊言。

這裡是祭拜著神的教堂，而他們是被選中的新娘。

他們踏入這裡，分明就是……

自投羅網！

「離開這裡！」桑回想也不想地厲聲警告。

有部分冒險獵人不明緣由，有些反應快的已經意會過來自己踏入了哪裡，但不論是哪一方，都迅速地聽從華格那負責人的指示。

只是他們終究慢了一步。

蛛絲般的霧氣不知何時侵佔了教堂地板，纏繞住他們的腳，讓他們動彈不得。

矗立在高台上的雕塑同時如液體散逸，混入霧氣，將它們染上淺淺翠碧。

綠霧轉眼凝成一個人形，它雙手高舉，古怪低沉的聲響瞬時迴盪在整間教堂內。

「讚歎吧，讚頌吧，汝等是吾之新娘，現在即爲吾獻上一切！」

話聲甫歇，所有人頓覺腳下一空，地板無預警消失，原先站在上面的他們只能往下墜落。

翡翠下意識扭頭望向瑪瑙、珍珠和珊瑚，黑眸裡全是濃濃焦灼，他下意識想朝他們伸出手，可抓到的不過是一團空氣。

情急之下，翡翠想也不想地在腦中吶喊出一個名字。

「斯利斐爾——」

「保護他們！」

第10章

幾乎是在發覺自己往下墜落的同時，珍珠的手指便已往虛空一劃，白色光點從指尖噴發，有如一小朵絢麗煙花。

緊接著由淡白色光壁組成的結界及時包圍在她與珊瑚、瑪瑙周邊，預防幽黑中有任何危險之物偷襲。

所有人都在往下掉落。

驚吼、尖叫、咒罵混雜在一起。

可偏偏當中卻有一道聲音，如最鋒銳的箭矢刺穿了一切，來到繁星冒險團身邊。

「保護他們！」

那是……惠窈的聲音！

剛意識到這個事實，往下直墜的繁星冒險團也抵達了深淵盡頭。

結界只能保護他們不被外物侵擾，卻無法做到極好的緩衝效果。

三名精靈反應迅速地做好防護姿勢後，迎來一陣猛烈的撞擊。

但意外的是，這道衝擊力道比預期中小了許多，就好像他們跌進了一層軟硬適中的大墊子。

瑪瑙最快站直身體，精靈的優秀視力讓他只要有微光便能清楚視物，可隨後他發現到，自己身上的綠光消失了。

不僅是他，就連珍珠和珊瑚亦是。

沒了那層碧光照明，他拿出日核礦，淡淡的光芒在幽暗中像燭火浮現。

「這裡是什麼地方？」珊瑚抽出雙生杖，讓它化成長柄法杖的形態，杖尖燃起一簇焰光，「唔哇，好醜的地方！醜死了、醜死了，珊瑚大人的眼睛要瞎了！」

「把火收起來，保留點力氣。」珍珠撫平裙上的縐褶，海藍色的眼瞳看似平靜，底下卻藏著一縷暗潮，「有發現其他人嗎？伊斯坦先生、紫羅蘭，還有……惠窈。」

「沒有、沒有，都沒看到啊。」珊瑚心不甘、情不願地熄掉火焰，改拿出日核礦綁在法杖頂端，「這裡只有我們，而且前面好臭啊，臭死人了！珊瑚大人覺得那邊一定有問題！」

「有腦子的人都知道這裡有問題，原來妳也帶著大腦嗎？」瑪瑙銳利的目光仔細巡視他們如今身處的這處空間。

不管上下左右，都被暗紅色、宛如肉壁般的存在覆蓋，爬滿摺痕的壁面不時還會一起一伏，就好像這個空間在呼吸一樣。

彷彿他們……是置身在某個龐然大物體內。

「珊瑚大人怎麼會沒有？明明我那麼聰明！」珊瑚氣惱地反駁，恨不得拿法杖用力戳戳瑪瑙的後腦。

她沒這麼做的原因是，她不敢。

不過珊瑚一下又被轉移了注意力，她發現摺痕的陰影處驀地有團銀光竄出，往他們這急速靠近。

珊瑚立刻握緊法杖，一等銀光靠近就毫不客氣地使勁一揮。

按照她的判斷，那個不明物體會被她用力地打飛出去。

卻沒想到銀光比她想像的還要靈敏，簡直像早已預判了她的動作，在空中輕盈地繞了一個弧度，轉眼來到珍珠和瑪瑙眼前。

「你是……」珍珠看著這顆淡銀光球，認出來者的身分，「惠窈的寵物？」

這話一出，她敏銳地發覺光球周圍的溫度似乎下降了。

「啊，我知道、我知道！是小鬆餅！」珊瑚迫不及待地嚷出來。

珍珠發現環繞光球的冷氣更爲鋒利逼人了。

斯利斐爾實在很嫌棄翡翠隨口爲他捏造的名字，但眼下情況不適合他出聲否認。

就如翡翠說過的，這時候要是自曝身分，那麼有很多事情就難以解釋清楚。

倒不如先繼續隱瞞著。

斯利斐爾一看就知道精靈們是以瑪瑙爲中心，他在瑪瑙面前轉一圈，再往一處方向飛出一小段又停住，引路的意味相當明顯。

「嗯嗯嗯？小鬆餅要幹嘛？有問題的是那邊耶。」珊瑚皺皺鼻子，指向不同方位，「是那裡啦！」

斯利斐爾仍是停佇原地不動，像是在等待他們過來。

珍珠和瑪瑙對視一眼，猜測光球的意圖。

「你的主人，惠窈是在那邊嗎？」珍珠問，「你會在這裡，是爲了保護我們嗎？」

「可是他只是個鬆餅……不對，是球啊。他能幹嘛？」珊瑚跑到斯利斐爾身邊，手指躍躍欲試地想往他身上用力戳。

斯利斐爾彷彿身後有長眼睛，靈巧地避開。

「瑪瑙，你的決定呢？」珍珠看向他們的團長。

瑪瑙神情冷硬，絲毫沒有因為聽見斯利斐爾是專程要來保護他們而有所軟化。

「別人怎樣，那是別人的問題，與我們無關，以完成委託為優先。」瑪瑙眼睫微掩，抽出雙生杖化成的兩把羽刀。

見瑪瑙二話不說地往臭味飄來的方向走，珊瑚頓了頓，心裡莫名生起一絲猶豫。

雖說那邊肯定有問題，但往那走的話……是不是就代表著不管那個綠髮妖精了？

珊瑚不知道該怎麼辦的時候總會反射性看向珍珠。

珍珠眉宇輕攏，但仍是跟隨瑪瑙踏出了步伐。

連珍珠都沒有反駁了，珊瑚張張嘴，她感到腦袋跟心口亂糟糟的，偏偏又說不上來是怎樣的感覺。

但是聽從瑪瑙的決定是他們三人間早就說好的。

珊瑚追了上去，可是眼神一直欲言又止地落在瑪瑙背上。

斯利斐爾不意外他們的選擇，就像他曾對翡翠說過的，如今的翡翠對他們而言不過是相處一陣的陌生人罷了。

斯利斐爾記得翡翠的要求，他靈巧地跟在瑪瑙三人身後，同時不斷在意識中呼喚那名失去聯繫的精靈王。

當他們所有人從教堂往下掉進深淵般的黑洞，斯利斐爾就察覺到一股力量將他們與其他人分開了。

他緊追瑪瑙他們而去，自然無法知曉翡翠等人是墜落到哪邊。

如今會發生聯繫不上的狀況，最有可能的原因……就是翡翠或許陷入昏迷了。

斯利斐爾沒有停下對翡翠的呼喚，勢必要讓對方趕緊清醒過來。

瑪瑙像是未曾察覺到身後兩名少女的視線，踏出的步伐果斷冷酷，不見絲毫猶豫。

可只有他自己才知道，他握著羽刀刀柄的手指越收越緊，用力到指尖都泛白發疼。

他不該管那些無關緊要的事，他只是、他只是……

瑪瑙霍地用力閉上眼再睜開，猛地停步轉過身。

「瑪瑙！」珊瑚愁眉苦臉的表情瞬時一變，眼睛瞪得又圓又大，欣喜如煙花在眼裡綻放，「我們要去找那個惠窈了嗎？」

「不。」瑪瑙面無表情地說，「我只是想到我們該去找桑回，公會幫助我們許多。那個惠窈說不定跟桑回待在一塊……」

瑪瑙頓了一頓，像是不願被人窺見到神情變化般，大步越過了兩名少女，拋下的句子簡潔俐落。

「那就順便吧。」

✣✣✣

滴答、滴答……

水聲像是從極近之處傳來，進入了翡翠耳內，也墜入了他的意識之中。

長捲的睫毛微微顫動，緊接著幅度增大，一雙黝黑如潑墨夜晚的眼睛陡然睜開。

第一秒映入翡翠眼中的，赫然是正往下滴淌的黏稠液體。

也幸好翡翠醒得及時，能夠飛速閃避，不然那不明液體就要直接砸到他臉上了。

隨著翡翠的躲閃，發著詭異光芒的液體「啪噠」砸墜在地。

定睛一看，才發現上頭還垂掛著不少螢光液體。

而翡翠也靠著那些微光，將自己此刻身處的環境大致打量完畢。

除了他之外，四周還躺著不少人，可當中卻只有紫羅蘭是自己所熟悉的。

沒有瑪瑙、珍珠、珊瑚。

也沒有桑回。

翡翠伸手探向雙生杖，一抽出便讓它化爲鋒銳的長刀。他提高警戒，仔細地觀察這裡的一切。

有的人還陷入昏迷，有的則出現了快要甦醒的跡象。但不管是誰，身上的碧光都消失了。

就連翡翠自己也是。

他們這群人乍看下正在一個大型洞窟內，然而無論頭頂或腳下，還是周圍壁面，看起來都像是某種生物的腔壁，布滿皺摺，起伏不斷。

翡翠看見螢光液體又滴落下來，覆在一名男人的衣上，隨即液體產生異變，幾個蠕動，竟分裂成多股古怪的觸鬚。

它們貼附在男人的皮膚上，細細的末端猝然鑽進皮膚裡，在薄薄的表皮底下起伏爬動。皮膚頓時被撐得接近透明，讓人清晰地看見觸鬚猶如一條條細蟲子在遊走伸展，似乎不久就會一路鑽至男人體內更深處。

這驚悚的一幕讓翡翠吸口氣，他當機立斷抓著刀子往那人的肩頭戳下，刀尖正好釘住那截觸鬚。

驟然的疼痛讓男人猛地吸氣彈起，他還沒理解眼下發生什麼事，就看到一名容貌昳麗的綠髮青年抽出刀，帶出一串血珠的同時也帶出一條瘋狂掙動的螢光觸鬚。

他瞪大眼看著那個異物，當他意識到那是從他體內挖出的時候，他摀著滲血的肩膀驚駭跳起，恨不得能與翡翠拉開距離。

「醒了就去叫醒其他人！小心頭頂上那些東西！」

翡翠沒有跟那人廢話太多，甩開刀尖上的物體，他飛快掃視其他人，一發現情況不對，立即揮刀砍向那些觸鬚。

碧光驟閃，觸鬚斷裂，一落在地面又散成一灘液體。

翡翠仰頭一看，發現那些螢光液體已牽連出細絲，只要再一下就會「啪」地斷裂，直直墜至底下獵人們的身上。

翡翠明白眼下情況險峻，不容他再有耽擱。

兩柄長刀快若迅雷，所到之處皆是碧光接連閃爍，觸鬚接二連三地被一分爲二。

「起來！快點起來！」翡翠採取簡單粗暴的方法，砍掉觸鬚後就直接一腳往對方踹去，暗紅空間內頓時傳來連連悶哼或是咒罵。

見陸續有人醒過來，翡翠馬上把警告甩出去，「小心上面液體，滴到地上沒事，滴到身上會變觸鬚往人的皮膚下鑽進！記得檢查自己的身體！」

「什……什麼？」甫清醒的冒險獵人還弄不清楚狀況，直到看見自己的手臂皮膚下有活物般的細長物體在蠕動，「啊啊啊啊啊！這什麼！快來幫我把這弄出去！」

「它要鑽進來了！這東西要鑽進來了！」

「該死！快把刀給我！」

慘叫聲頓時此起彼落地響起。

也有些幸運無事的人趕緊幫忙旁邊的同伴。

自認已仁至義盡，翡翠不再理會那些陷入騷亂的冒險獵人，一個箭步衝向紫羅蘭，長刀割開那些試圖鑽入紫羅蘭皮膚底下的恐怖觸鬚。

「紫羅蘭、紫羅蘭！」翡翠猛力搖晃著失去意識的紫髮男人，同時腦海冷不防接收到斯利斐爾的呼喚。

「您終於醒來了嗎？在下還以爲您要昏睡到永遠不醒。」

「別說得我死了一樣。瑪瑙他們安全嗎？我們這有點問題，老實說我現在很忙，總之你們先想辦法找過來。」

翡翠抬頭看了看手忙腳亂、驚聲四起的眾人，果斷再補上一句。

「循著尖叫聲過來就是了。」

知道瑪瑙、珍珠和珊瑚安全無虞，翡翠提起的一顆心放下大半，剩下的一小半則因爲面前的紫羅蘭。

「紫羅蘭，聽見了沒？」翡翠加重力道往紫羅蘭臉上拍打，可效果依舊不彰。

紫羅蘭就像被困於深深的夢境中，一時半會找不到出路。

翡翠揚起手，正準備毫不客氣地甩下一巴掌，一個念頭猛然拉住了他的動作。

「紫羅蘭，你再不醒就永遠報不了恩了！」

事實證明，「報恩」兩字簡直就是東海皇族的執念。

前一刻還毫無動靜的紫髮男人，下一刻霍地睜開眼睛，玉石般白皙的手指反射性一把抓住了翡翠的手不放。

「你不吃了嗎？這可是最新鮮美味可口的龍蝦肉。」紫羅蘭眼中像蒙著薄霧，神情憂鬱得好似下一秒就要落下淚。

「醒醒，現在不是吃龍蝦肉的時候。」翡翠抽回手，使勁往紫羅蘭臉頰一掐，讓還有幾分迷茫的男人徹底清醒。

「我們現在是？這裡是……」紫羅蘭總算回過神來，壓下一顆蠢蠢欲動的報恩心，他從地面站起，發現他們像被困在某種生物的體腔內，那些蠕動的障壁醜惡又駭人。

紫羅蘭眉頭鎖得更緊，地上散濺的螢光液體讓他本能感到厭惡。他的手指不假思索地往空中點劃，隱藏在空氣中的水氣轉眼將那些螢光液體凝凍成冰。

「快走吧，去找瑪瑙他們。」翡翠瞥見上頭的液體仍然從皺摺裡慢慢滲出，重新凝聚成水珠，過不久就會再度直直往下墜。

他一秒也不想多待在這個地方，提起雙刀就和紫羅蘭往唯一的出口奔去。

一見到翡翠他們行動，其餘冒險獵人如同驟然回過神，急急逃離這個藏著恐怖危機的空間。

一路上負傷的人斷續發出呻吟或吸氣聲，但好在都是些不算太嚴重的皮肉傷。翡翠耳聽八方，就怕先前見過的那些觸鬚會無預警從某個地方撲向他們。

但也不知道是那些觸鬚按兵不動，或是他們眞的幸運值提高，沿路不曾再遇上什麼危難。只不過視野內皆是似生物腔壁的暗紅起伏，讓人越跑越覺得彷彿在未知怪物的體內前行。

沒人敢放鬆警戒，各自將武器抓握得緊緊的。

倏然間，翡翠耳朵一動，聽見前方傳來腳步聲。

來人步伐輕盈，可憑翡翠的耳力還是捕捉到了數量，總共有三人。

翡翠心中想法剛成形，一團散發銀白光澤的圓形物體迅雷不及掩耳地竄至他身前。

還沒等翡翠在腦中高呼斯利斐爾的名字，緊接而來的一道人影就像炮彈般衝過來。

「惠窈！」

翡翠睜大了眼，不自覺染上喜悅的黑瞳中倒映出珊瑚大大的笑臉。

與繁星冒險團重新會合後，翡翠大略點了下人數，發現起碼少了十個人，這當中也包括桑回。

「你們沒看到桑回嗎？」翡翠原本以爲桑回可能會和瑪瑙他們在一塊，沒想到事與願違。

「我們醒來後，沒看見其他人。」珍珠細聲地說道：「惠窈你……」

你到底是什麼人呢？爲什麼會想要保護我們？

珍珠把來到舌尖前的幾字又吞回去，另一個詢問緊接著脫口而出，甚至沒有經過她的思考。

「你可以摸摸我的頭嗎？」

反應過來自己究竟說了什麼之後，珍珠的表情沒太大變化，然而她的雙頰和耳朵瞬間衝上一層薄薄的緋紅。

她垂著眼睫，莫名不敢看青年的臉，可緊接著她就聽見對方說：

「當然可以。」

那語氣甚至是輕快的，彷彿她的要求讓他感到開心。

珍珠的睫毛顫動幾下，在她沒察覺的情況下，她的嘴角小小地翹了起來。

她飛快抬高眼，不想錯過那人的一舉一動，包括他細微的表情變化。然而她才剛看到對方抬起了手，自個兒的身體就冷不防被一股外力扯開。

瑪瑙面無表情地將珍珠拉往自己這方，「時間寶貴，你們想浪費我不想，除非你們想把命留在這裡，還不快點走。」

翡翠摸摸鼻子，對於摸不到珍珠的腦袋有些遺憾，但不得不說這種被瑪瑙訓斥的滋味太奇妙了。

珍珠微惱地瞪了瑪瑙一眼，不滿他突如其來的動作，但後者一如往常漠然的金眸讓她的惱怒慢慢消下去。

珍珠意會過來瑪瑙不是故意打斷，只是不耐煩他們還在原地磨蹭。

「下次，你可以再等個幾秒。」珍珠腳步跟著跨大，她不好意思直說自己期待被人摸頭，改用迂迴的方式暗示。

瑪瑙充耳不聞，腳下的步子忽地邁得更大。

珍珠以爲他不是故意的，可實際上，他就是故意。

瑪瑙說不上自己的心情，但他就是覺得，要摸也該是先……先怎樣？

瑪瑙皺了皺眉，在他不自覺的時候眼中閃過一瞬迷茫，可隨即他就把這無端冒出來的疑問抛到腦後。

「你們在幹嘛？快點、快點！」一馬當先跑到前方的珊瑚扭過頭，沒耐性地連聲催促，「珊瑚大人要不等你們了喔，眞的不等你們了啦！」

「那妳就跑啊，有人抓著妳的腳求妳嗎？」瑪瑙的冷言冷語不客氣地掃射到珊瑚身上。

珊瑚不由得一縮肩膀，轉眼又把這事抛到腦後，改嘰嘰喳喳地和翡翠攀談，沿途都是她的說話聲。

少女的嗓音活潑清亮，有如林間的鳥啼聲，無形中也讓眾人的身心不再過度緊繃。

也有其他冒險獵人跟著開口，「我們的同伴不見了。」

「我們這也是，少了兩個。」另一個女聲傳來。

翡翠一扭頭，發現是自己曾在紅屋頂服飾店幫過一把的高壯女獵人。

「但爲什麼是他們不見？」狄蜜亞百思不得其解，英氣的眉毛皺起，將疑問拋給身邊同伴，「團長、副團長，你們不覺得奇怪嗎？明明我們才是新娘。」

「不要用那兩字稱呼我！」萊恩的五官出現一瞬扭曲，「老子是男的！男的！」

「等等。」翡翠立刻被觸動思緒，「該不會不在這裡的人……都不是被選定的新娘？」

經翡翠這麼一提，冒險獵人們先是一愣，隨後七嘴八舌的附和聲如浪濤湧了上來。

就如翡翠所猜測，跟著一起進到鐘樓，卻在墜入深淵後下落不明的人，全都是當時沒被打上綠光記號的人。

翡翠莫名有種不妙的預感，而他的預感向來很準。

暗紅空間的通道只有一條，翡翠等人加快了步伐，不停往前直奔。

他們經過繁星冒險團曾待過的地方，同樣聞到了一股腥臭味從更前方飄來。

那味道令一票人忍不住擰緊了眉頭。

他們聞得出來，那是血與腐敗肉類的味道。

越是往前，那味道就越濃烈，揮之不散地鑽入每個人鼻間，讓人如同置身一處血肉之池。

腳下踩的彷彿不再是地面，而是層層堆積的血污。

「那是什麼？」珊瑚的法杖忽地往某個方向一探，日核礦的光芒映亮了地上的物體，也清楚地讓它的輪廓進入眾人眼中。

那是一把沾上不少血漬的刀，刀柄上刻著植物圖樣的徽紋。

「那是……」有加雅出身的冒險獵人快步上前，直接拾起了那柄刀，臉色鐵青，「我看過這個，這是加雅護衛隊的標誌！」

至今為止都打探不到消息的護衛隊，居然在這裡出現了線索。

可是眾人的心反倒一沉。

這把刀會掉落在這種地方，是不是已說明了武器主人恐怕凶多吉少。

一行人前行的速度登時又加快幾分。

他們沒有花上太多時間就來到了通道底端，一個更廣闊的空間在他們面前展開，而刺鼻的臭味也嗆得令他們難以呼吸。

所有人的腳步被釘在原地，浮現在臉上的盡是駭然神色。

「嗚呃！」

「我的老天……」

「眞神在上啊……」

還有些承受力低一點的，登時感到反胃感直衝喉頭。他們摀著嘴、別過臉，不到片刻便衝到一旁彎著腰發出乾嘔聲。

有人忍不住眞的吐了出來，就連淚水也跟著滲出眼角。

眼前的景象，就算稱之爲地獄之景也不爲過。

失蹤的桑回等人就在此處。

他們儼然沒了意識，身體半沒入肉紅色的地面皺摺裡，似乎只要再一點時間，就會被完全吞沒進去。

更遠處，則矗立著一座由屍體構成的小山。

從那些屍體身上的服裝來看，不難猜出這些便是失蹤的加雅護衛隊。

它們看起來慘不忍睹，有些還沒了手腳，身體全被螢光觸鬚佔據。觸鬚密密麻麻地覆蓋在表面上，末端鑽入了體內，和它們連為一體。

它們大部分肚腹像經過了一場恐怖的爆裂，變成褐黑色的血液遍布在身上身下。零碎的肉塊和臟器散濺各處，尚存的四肢也變得乾扁，像被吸乾了裡頭的養分。

空白佔據了翡翠等人的大腦幾秒，當他們意識到眼前是現實後，馬上先衝向那些即將被地面吞沒的獵人和傭兵。

「桑回！」翡翠目標明確，就是那不知何時從羊形恢復成人形的公會負責人。

他跑到桑回身邊，發現僅靠一人之力難以將桑回扯離束縛。他正要轉頭呼喊紫羅蘭前來幫忙，一道身影先一步地在他身邊彎下腰。

翡翠怔怔地望著瑪瑙數秒，直到他聽見珊瑚的聲音從旁跟著加入。

「要拔桑回嗎？讓珊瑚大人來，這個我超會的！我常常幫兔子拔那些醜八怪蘿蔔呢！」

在幾人合力下，桑回被順利脫拽出來。然而他雖眼睫顫顫，卻遲遲未醒。

翡翠剛打算讓自己的手和桑回的臉頰來個大力的親密接觸，就瞧見幾乎細不可察的螢白光點往桑回體內飄入。

翡翠馬上領悟過來，那是瑪瑙的治癒能力。

但他表面不動聲色，要是讓瑪瑙察覺自己知悉那份力量，只怕對方的防備心就會提至最高，更可能讓本來就不算好的關係宣告破裂。

翡翠絕不願意見到這事發生，他強迫自己將注意力放至桑回身上，果然一會後便見到桑回睜開了眼。

下一秒，翡翠非常慶幸自己有盯住桑回不放，因爲桑回一看見他立即反射性做出了「翡」的唇形。

翡翠馬上故作欣喜地將桑回的腦袋猛力往自己胸前一壓。

「桑回你沒事眞是太好了！我眞怕你撞到哪，導致神智不清，認、錯、了、人！」

翡翠在最末幾字加重語氣。

桑回被這一壓撞得鼻尖發疼，本來還混沌的神智頓時清醒，翡翠的暗示也進入他的耳中。他小幅度地點頭，表示自己聽見了，不會再犯。

另一邊，其他人也紛紛被救出來，在同伴的努力下逐一轉醒。

只不過那些人的體力都像被消耗大半，臉色發白，看清自己此刻所在的環境後，本就糟糕的臉色更是慘白幾分。

四周鬧哄哄地一片，但珍珠卻從中捕捉到一絲不協調的聲響。

「噓，你們聽。」珍珠突然豎起食指，周遭的人不自覺安靜下來。

在這片慘景及濃到嗆鼻的腥臭味中，翡翠他們聽見了極爲細微的呻吟聲，就像從老舊風箱中所發出，隨時都可能中斷。

珍珠緊扣著珊瑚的手，不讓她暴衝上前。

瑪瑙持著羽刀，輕巧無聲地往前探索，片刻後轉過頭，「還有活人，兩個。」

眾人一驚，立即上前，果然在屍山後發現兩名活口。

他們也是加雅護衛隊的一員，肚腹皆呈現鼓脹模樣，腫得如同灌入大量的水，乍看下，容易錯以爲是懷孕婦人。

他們身上其餘部位像被抽乾般地凹扁，薄薄皮膚底下看得見無數觸鬚在裡頭鑽動。

兩名護衛似乎聽見了周遭動靜，眼珠轉動，在瞧見這地方竟然有第三人出現，眼中瞬間爆發出狂喜的光芒。

他們張著嘴，像用盡最後一絲力氣地擠出聲音。

「求求你們，殺了……」

「殺了我……」

「殺了我們……」

「不能救了嗎？」一人低聲地開口，換來同伴的搖頭。

任誰都能看得出來，這兩人的狀況已是無力可回天，除非眞神降臨。

就在這時，黑髮的那名護衛瞪大眼，張嘴發出哀號。只不過他氣力用盡，最後從嘴裡逸出的僅有微弱聲響。

所有人都目睹他撐得像是要破裂的肚皮下浮現蚰曲的紋路，彷如粗大的血管匯集到他的肚子頂端。接著有一團翠綠光芒鑽爬出來，形狀具備著大致的人形，令人想到甫出生的嬰兒。

光團一脫離黑髮護衛便往上直直飄升，最末穿過了上方的暗紅壁面，消失在人們的眼前。

黑髮護衛的身體頓時更加凹扁，就連完整的話語也發不出來了，只餘一串斷續的噫嗬聲。

「那是什麼？」翡翠在心裡問著斯利斐爾。

「判斷是一種能量體。」斯利斐爾冷靜地說。

「小心這裡的神……」另一名護衛艱困地動著嘴唇，試圖給予翡翠等人警告，「它會把新娘……當成苗床，孕育出那個綠色的東西……直到苗床被榨乾報廢。不是新娘的人，則會成爲苗床的養分……」

這番話聽得在場眾人毛骨悚然，全身寒毛跟著豎起。

假如他們動作再慢一點，同伴就眞的要被吞噬消化，最後化成所謂的養分。

「小心……一定要小心……」護衛的身體忽地一陣抽搐，他感覺到肚皮那邊有東西在鑽爬，恐懼爬上他的眼，他絕望又祈求地看著翡翠等人，「快！快殺了……」

在翡翠準備動手的前一刻，桑回抬手攔在他面前。

翡翠看了桑回一眼，後者眼神凜然堅毅，這讓他不由自主地放棄了原本的行動。

桑回斷斷續續地咳嗽著，他的身子看似孱弱，猶如風一吹就會倒，然而手卻很穩。

從抽出金銅色的筆刀到奪走他人性命，那雙手不曾出現一絲顫抖。

「謝謝……」

細到像隨時會碎在空氣的道謝飄了出來，最後凝固在兩名護衛嘴角邊的是解脫般的笑意。

隨著他們生機斷絕，原本鼓脹的肚子急速消減下去，鑽到一半的綠色光團也一併潰散。

光團消逝的剎那，這個地方陡然迎來了劇烈的變動。

整個空間霍地大大晃動，彷彿引發了一場大地震，暗紅的腔壁出現明顯的波浪起伏，晃得眾人幾乎站不住腳。

「怎麼回事？」

「發生什麼事了？」

「注意四周！」

叫嚷聲此起彼落，所有人在奮力穩住身勢的時候，也全神警戒著周圍環境。

上方倏然飄下縷縷碧色霧氣，一下就凝出一個人形，從它朦朧的體內傳出了夾雜怒意的沉沉低響。

「懺悔吧，悔悟吧！汝等居然毀壞吾之苗床！吾本寬宏大量，賜予汝等一段安寧時光，現在，吾就要收回這份寬恕！」

碧色人影的雙手大張，拔高的怒喝像大鐘敲撞出陣陣迴響。

「汝等將在此地，直接化爲……」

「廢話太多了你這個僞神——風之刃！」

翡翠不給碧影說完話的機會，兩柄長刀即刻交叉，二話不說便朝綠影重重一劈。

淡綠色的氣流化成最鋒利的刀刃，轉眼切砍上前方的目標。

氣流凝出的攻擊穿過碧色人影，沒有帶給它絲毫傷害，但被它視作挑釁，激起它更深一層的怒意。

有如腔體的空間震幅加劇，人們很快發現到上下和兩側的暗紅壁面都在往內壓縮。

「您該喊它垃圾。」斯利斐爾表達自己的深深不滿。

「下次我改進，行吧。」翡翠態度敷衍，現在可有比應付這位眞神代理人更重要的事。

再不想辦法脫離這鬼地方，他們就要通通被那僞神吸收掉了。

「所有人，到我的背上來！」紫羅蘭喊聲甫落，他修長如竹的身影瞬間消失，取而代之的是一隻體型驚人的巨蝦。

通體深藍，背部如山稜線起伏，分布在背上的銀斑如星星閃爍，正是淡水海水皆能活動自如，就連在陸地上亦能短暫行走的雙水龍蝦。

抽氣聲響起一片，除了翡翠等人以外，誰也沒想到他們之中原來還有一名海族。

短暫震驚過後，不用紫羅蘭催促，眾人連忙躍跳至他的背上。

紫羅蘭加快足下速度，螯足揮舞，猶如一把蒼藍色的長槍要刺穿這個不斷往內擠壓的暗紅空間。

「魔法師！」桑回啞聲大喊，「魔法預備，協助紫羅蘭！」

冒險獵人中的魔法師立刻舉高法杖，有人飛快喃唸咒語，有人則是掏出字符，空氣中的各種元素開始湧動集結。

「突破這裡——」

在華格那負責人的吶喊中，風系、炎系、水系、雷系，多樣魔法接連噴發，絢爛光影將此地映得亮若白晝。

而珊瑚更是逮著機會，盡情地發射出平時都要克制幾分的火炎砲彈。

轟然聲響中，暗紅障壁被粗暴撕裂，紫羅蘭載著眾人衝出那彷如生物腔體的怪異空間，一頭栽進了飄散著絲絲白霧的夜色裡。

第11章

隨著雙水龍蝦猛地停佇，蝦背上的人們也終於回過神來。

他們相繼跳下蝦背，驚疑不定地觀望四周，發現如今身處之處竟是不久前才死命逃出的街道。

「我們這是……出來了？」

「這裡不就是……」

「我們回到街上來了!?」

街上看不見他們以外的人影，四處一片靜悄悄，卻反而加重了詭譎氣氛。

就算他們回頭向後望，也只看見屹立的鐘樓依舊像把巨劍高指上方的銀白月亮，彷彿方才所見不過是場幻覺。

但如果再仔細盯著上方一看，又會發現除了半圓銀月及月亮周邊簇擁著的白霧外，夜空不再，覆蓋在頭頂上的赫然還是肉色壁膜。

就好像他們並未眞正逃離怪物的體內。

彷彿要印證他們心中所想，在街道上飄散的霧絲不知不覺染上了綠。它們似活物蠕動堆積，在月夜下形成了更爲高聳巍峨的龐然大物。

它的外觀就如同教堂高台上的那座雕像，衣服縐褶細緻，手上舉著火把，可臉孔處卻沒有五官，被留了空白。

「低下汝等的頭，汝等不該直視神！」碧影聲如洪鐘，擴散出去的聲浪像針扎入人們的腦袋裡，令他們身子搖晃了一下。

而比起這陣聲浪的刺激，翡翠更忙著應付斯利斐爾在腦海中的森寒催促。

「現在、立刻、馬上，殺了那個膽敢假借神之名的垃圾！在下絕對無法容許！」

「啊啊，這時候別製造我腦袋的負擔！會殺的會殺的，但要給我時間吧！」翡翠用力吼了一聲，總算扼止斯利斐爾的喋喋不休。

眞神代理人雖然不再說話，可翡翠可以清晰地感受到他的深深怒意，像是最寒冽的冰，又像是最炙烈的火。

要他來評論的話，就是那個自稱神的傢伙，狠狠踩到斯利斐爾的地雷了。

不過老實說，翡翠也看那個僞神相當不爽。

想到在暗紅洞穴內見到的那一幕，他眼神沉下，裡頭竄起鋒銳的光芒。

如此對待他人生命的，果然就是垃圾！

「我會殺了它的。」翡翠平靜地給予保證。

就在此時，那些閉掩的房屋大門一扇扇打開，鎮民一個個走出來。他們臉上沒了表情，眼神空洞，像是一個個被操縱的人偶。

他們手裡仍握著武器，一步步地走至街上。

「爲什麼他們可以出來？他們犯規了！」珊瑚睜大眼，指著那些鎮民喊。

「我們也出來了。」珍珠幽幽地說，「但上面不是天空，不算在室外。」

從某個方面來說，所有人都還在室內，並沒有違反那條必須待在屋內的規則。

「你這個見不得人的醜八怪，珊瑚大人最討厭有人站得比我高了！」少女嘹亮的嗓音無預警從人群中爆發出來，同時聲音的主人將繞著焰紋的法杖擱在肩頭，好似將它當成槍炮。

珊瑚咧開了不服輸的大大笑容，盛大的火焰霎時如最凶猛的炮彈竄上夜空，直對碧霧凝成的僞神而去。

火炎彈貫穿了僞神，在它巨大的身軀留下一道缺口。

可下一瞬，珊瑚的笑臉垮下，她看見湧動的霧氣一下就把缺口塡補起來。

「膽大包天，吾果然不該對汝等留有憐憫！」僞神高舉的火把驟然傾倒，流淌下來的不是焰火，而是大股碧綠之霧，它們如同瀑布沖刷而下，「畏懼吧，悔悟吧，爲汝等的妄爲付出代價，接受吾之懲戒！」

眼看碧霧狂肆翻湧，幾個眨眼間便逼至街道上，所有人即刻朝不同方向閃避，不願讓那些傷害性未知的霧氣沾上身。

翡翠選的自然是和繁星冒險團相同的方向。

緊接著，令眾人驚異的畫面出現了。

以爲要攻擊他們的碧霧一落到地，竟朝著那些木偶般的鎭民疾速靠近。

它們像浪潮淹上了他們的雙腳，再如活物一般快速攀爬至他們身上，將他們從頭至腳覆蓋住。

在一雙雙瞠大的眼瞳中，瓦爾西鎭的鎭民就像融化的綠色泥人。原本的人類外貌溶解成大股大股綠泥，須臾間成了徒具人形輪廓、比例卻異常的泥巴怪物。

「他們皆是吾，汝等也將成爲吾！」僞神的聲音無所不在，從每一個泥巴怪物體內發出。

「成爲你？那也太醜了吧！」珊瑚嫌惡萬分地喊出了所有人的心聲。

此時此刻，即便沒有桑回的指令，所有冒險獵人和傭兵也知道自己該做什麼。

既然確認鎮民不是眞的人了，那當然就是——打爆這些怪物！

「約翰冒險團，衝啊！」

「利劍冒險團，上吧！」

「銀星之翼，跟我來！」

「拂曉之光冒險團，好好展現我們的實力！」

眾多吶喊聲響徹街道，猶如威勢逼人的閃電劃開夜空。

也有冒險團不興陣前鼓舞這套，握緊武器直接就往敵方衝去。

爲了避免因空間窄小反讓己方戰鬥時受限於彼此，眾人乾脆拉長戰線，使戰場擴得更大，很快就從一條街道遍及到無數條街道。

桑回對自身能力相當了解，他擅長追捕單一獵物，眼下不如直接再變成羊形，方便自己疾速移動，還能隨時給予支援。

紫羅蘭選擇與桑回一塊行動。

他張開手指，數十顆巴掌大的水球平空凝成，隨著他一揮手，疾速散到各個方位、各條街道。它們會成為他的眼，回饋戰況給他，讓他及時做出反應。

繁星冒險團自然毫不退怯，他們的目標放得更遠，不是擊倒這些泥巴怪物，而是要直取高空中那個自稱為神的傢伙。

「珊瑚大人要轟掉那個沒臉的醜東西！」珊瑚像團迅猛烈火，甩下朝她靠近的泥人，三兩步跳上堆在街角的箱子，嬌小身子彷彿裝了強力彈簧，再一跳便躍上了屋頂。

珊瑚用法杖尖端遙指偽神，火元素在她的命令下高速聚攏，赤亮火焰平空燃現，隨著她的意念匯集成多枚火球，一口氣全投擲向高空中的目標。

「愚不可及！」偽神冷笑，不閃不避，任憑火球來到它的身前。

令珊瑚氣得想跺腳的一幕再次發生了，她的火焰就像撞上飄渺之物，完全不能帶給

偽神一絲傷害。

偽神垂下它的一隻手，五指崩散成一股股綠霧，沾上屋頂立刻成為數十個綠泥人。

「啊啊啊啊！氣死了、氣死了，珊瑚大人要被氣死了啊！」珊瑚抓著雙生杖猛力砸向最近的泥人，一杖砸碎它的腦袋，她噘著嘴朝空中吹了一口氣。

吹出的氣流半途便轉成一束赤火，迅雷不及掩耳地覆上那個沒了腦袋的泥人。

珍珠不像珊瑚那般衝勁十足，她看著陷入混亂的周遭，行動間依然慢條斯理。

她抽出了不常展現在他人面前的雙生杖，小小的木杖剎那拔高伸長，冰晶般的結晶覆蓋在杖身，閃耀著銀白璀璨的光華。

泥巴怪物沒有漏掉這名獵物，馬上有幾個朝珍珠圍靠過去。

「就像珊瑚說的，太醜了，連關起來收藏的資格都沒有。」縱使敵方逼近，珍珠也未曾改變自己的步調。她尋找著適合登上高處的路線，雙生杖舉起，多面泛著流光的光壁瞬間拔地生成。

泥巴怪物一頭撞上了堅硬的阻礙，它們意圖上前，卻始終無法突破，只能徒勞無功地不斷捶打、重擊，發出粗嘎的嚎叫。

珍珠對那些醜惡的泥人視若無睹，找到了不須費太多工夫的路線，輕巧地來到其中一幢房屋的屋頂上。

她的到來引起僞神的注意，它垂下另一隻手，五根手指旋即又變成十多個泥人。

珍珠輕輕蹙起眉，與珊瑚、瑪瑙不同，攻擊不是她的長項。她握著雙生杖在身前畫了一道弧，立刻又有多道光壁浮出。

它們從四面八方將靠近的幾個泥人包圍起來，逼使泥人活動範圍越來越小，直至形成一個封閉的光箱。

箱裡則是被壓擠得變形的泥人。

珍珠將雙生杖一拄地，光箱登時向內用力壓縮，毫不留情地把泥人壓成一灘爛泥。

心力全放在眼前的珍珠沒注意到有其他泥人悄然爬上屋頂，神不知、鬼不覺地站在她的身後。

只要再一丁點的距離，那隻裹著綠泥的手就會掐上她纖細雪白的頸項。

珍珠正要再對前方另一批泥人如法炮製，忽地聽見耳後有破空聲襲來。

她驚覺地一轉頭，映入眼中的赫然是被攔腰砍斷的泥人，以及提著長刀的貌美綠髮青年。

確認珍珠無礙後，翡翠提到嗓子口的一顆心終於能放下，天曉得當他瞧見珍珠未察身後的敵人時是有多緊張。

「謝謝你。」知道自己被救的珍珠輕聲道謝。

「不用謝。」翡翠忍下想摸摸珍珠腦袋的衝動，他抓下停在肩側的斯利斐爾，一把塞到珍珠手中，「妳帶著他會安全點，小鬆餅可以幫妳留意。如果不想引起上面那個垃圾的注意，最好還是躲進屋子裡保險些。」

「那你呢？」珍珠急切地問。

「我？我還得幫某個氣到快沒理智的傢伙清垃圾呢。」翡翠勾起笑容，下一秒直接一個翻身往下縱躍。

「惠窈！」珍珠抱著斯利斐爾急急探頭向下望，見到那道綠影輕巧地遊走在泥巴怪物間，後者絲毫近不了他的身。

珍珠稍微放心一點，她謹記著對方的交代，趁偽神再把注意力放至她身上前，找了間視野極佳的屋子躲進去。

珍珠從窗戶內探出頭，望見珊瑚猶不死心地想要朝高空發射火焰彈，「珊瑚，不要浪費魔力在它身上！找出真正可以傷害它的辦法！」

「珊瑚大人也想找啊，可是找不到嘛！」前幾次的經驗讓珊瑚明白，若繼續攻擊，恐怕仍是白費工夫。她鼓起臉頰，發洩似地將凝集的火焰往下方的泥巴怪物砸去。

烈火翻騰，高漲的火舌無情地舔舐那些敵人，也差點波及到離它們最近的瑪瑙。

一刀劈開飛來的碎火，白髮男人抬頭冷視向不顧周圍的珊瑚。

「妳想死就直說！」

「噫！珊瑚大人是不小心的啦，我只是要燒光那些醜八怪！」像要證明自己所言不假，珊瑚縱身一躍，加入底下的戰場。

雙生杖在她手中靈活舞動，魔法師用來增幅魔法效益的法杖，被她直接當成了揮灑暴力的武器。

當她一杖擊碎泥巴人的腦袋，四散的綠泥也往她身上噴濺。

珊瑚嫌惡地怪叫一聲，急忙往旁跳開，一時大意沒留意到一邊的偷襲。

千鈞一髮之際，翡翠閃身切入珊瑚背後，長刀切斷了泥人的手臂，另一把長刀隨即再往它腰間一砍。

「哇啊，嚇珊瑚大人一跳……」珊瑚拍拍胸口，法杖朝癱軟的泥巴怪物噴出赤火，將它燃燒殆盡，「謝謝你啊，惠窈。」

「小心些。」翡翠關心完珊瑚又將目光投向瑪瑙。

刀刃全部展開的羽刀正俐落地割下泥人的腦袋，維持不變的速度飛回至主人手上。握住在空中飛舞一圈又繞回來的羽刀，瑪瑙似乎連分一眼注意給翡翠都懶，直接迎上新一批敵人。

驚人的速度和令人讚歎的身手，就像在演示一場無懈可擊的戰舞。

翡翠頓時放心不少，轉身也投入了與泥巴怪物的戰鬥中。

珊瑚的嘟囔被兩人忽略，飄散在夜風裡。

「好奇怪，瑪瑙看起來比平常賣力耶，簡直像臭美的開屏孔雀……」

越來越多的泥巴怪物倒下。

戰況看起來是冒險獵人和加雅傭兵佔上風，眾人不禁也大感振奮，感覺勝利的曙光就在眼前。

可過了一陣子之後，令人不敢置信的一幕發生了。

那些潰不成形的綠泥居然再次動了起來，它們就像重新被注入生命，彷彿有無數隻無形大手在爲它們捏塑形體。

不到片刻，一個個綠色泥人又站立在人們面前。

「該死的，難不成它們眞打不死嗎？」利劍冒險團的團長氣急敗壞地咒罵。

「打不死也得再打，不然死的就是我們……」與他們並肩作戰的拂曉之光團長苦哈哈地說。

同樣的狀況陸續在各地發生。

就連翡翠等人也面臨了相同困境。

眼看先前被他們擊敗的泥人重新站起，翡翠大力地彈了下舌，理解到一個讓他想咒罵的事實。

垃圾僞神的本體根本不在這些人之中，所以無論他們做出多少攻擊，都起不了多大效果。

想必就連空中那個綠色大傢伙也不是本體，才會讓珊瑚的火焰頻頻落空。

「斯利斐爾，你看出什麼了嗎？快幫忙一起想，不然那個垃圾就清不掉了！」翡翠在腦中頻道狂敲著斯利斐爾。

「在下確實感應到一股龐大的能量體存於此地。」斯利斐爾說，「爲免您聽不懂，在下直白說了，那個垃圾的本體肯定在這。」

「瑪瑙！」珍珠的喊聲倏地自窗邊落下，「天空出現了！」

天空出現？天空不是本來就……聽見珍珠喊聲的翡翠也反射性仰高頭，看見闃黑無星的夜空展開。他的思緒頓了一下，猛然憶起不久前上面可是被一層肉膜包覆住。

爲什麼？爲什麼之前有那層膜，現在又沒有了？

翡翠感覺自己腦中像有無數齒輪瘋狂轉動，恍惚間還能聽到卡卡的運轉聲。

……是規則！

瓦爾西鎮規定在鐘聲響起後，本地人不得外出，否則會被視爲白色之人的同夥。意即會被當成外地人，三分鐘後直接化成沙。

而鎮民外出了，所以才要讓整座城變成室內，不然他們也會因違反規則遭到懲罰。

但鎮民之後又變爲綠泥怪物，不符合人的定義了，肉膜也不必繼續存在，街道上重新恢復爲室外。

啊啊，是了……翡翠慢了一拍反應過來，怪不得那些泥巴怪物沒有再用鎮內的第一條規則質疑他們。

因爲它們已不符合本地「人」的身分了，自然沒有立場質疑。

鎮內規則的存在顯然都有其意義，像前三條就是爲了消滅外地人，或是讓外地人同化爲本地人。

第四條則是誘使他們主動踏入陷阱。

那麼，最後一條呢？

「什麼樣的狀況下，會禁止用尖銳金屬指著某個東西？」

翡翠的喃喃自語被瑪瑙聽到，瑪瑙掀了下眼皮，明知道自己毋須搭理對方，偏偏嘴巴就像是有自己的意志率先動了。

「不想讓那東西被破壞或是遭遇危險。」

翡翠一愣，白色之人的細語冷不防如浪花從記憶深處翻起。

「月亮是偉大的……」

翡翠瞳孔收縮，腦海中像有一道落雷驟然貫穿，霎時拼湊起那些散落的線索。

在瓦爾西鎮最偉大的、不能破壞也不能使之遭遇危險的……是神！

偽神的本體，最有可能是上方的那顆月亮！

得到這個推測，翡翠立即將目標鎖定高空。

從規則來看，恐怕只有尖銳的金屬可以對它造成實際傷害，但這不影響翡翠動用魔法的決定。

他要將那些霧打散，看清那顆月亮的真面目。

「我要去更上面！」翡翠靈敏地跳躍，從路面來到屋頂。他在連綿的屋脊上快速疾奔，和鐘樓逐漸拉近距離。

「惠窈，你要幹什麼？」珊瑚想也不想地扔下本來打得正興起的泥人，追著對方的腳步而去。

瑪瑙一刀割開泥人的腦袋，俐落踹開另一邊想圍上的敵人也拔腿往前跑。速度之快，不到片刻就超越珊瑚。

一見瑪瑙等人轉換戰場，珍珠也待不住了，她立刻翻出窗戶，跳上屋頂，模仿綠髮青年將屋脊當成延伸出去的跑道。

翡翠知道自己目前的魔力不足以支撐大型魔法，他聚精凝神，感受著一股能量在體內遊走。

風之元素在空氣中震動流轉，嗡嗡聲似乎跟著放大。

翡翠沒注意到瑪瑙、珊瑚和珍珠的眼中流洩驚愕，他們都敏銳地察覺到自然元素在朝著他們這方向集結。

但不是他們三人喚來的。

他們的注意力無可避免地被前方的矯健身影攫住，他們確信沒聽見逸於風中的唸咒聲，也沒瞧見對方有抽出字符的舉動。

就好像是……那人在隨心所欲地操縱著元素之力。

這種使用魔法的方式，簡直就與他們一模一樣！

惠窈到底是什麼人？他眞的是……妖精族嗎？

「風啊！」翡翠眸裡迸出銳利的光芒，他的身子以不可思議的靈活猛力彈跳起，彷彿背後伸展出翅膀，能將他送抵天際，「去吧——」

翡翠自然不可能眞的到得了天空，但是他的刀能夠到達就好。

瑪瑙、珍珠和珊瑚不自覺停住腳步，他們仰高頭，瞳孔裡倒映出那抹擲刀而出的身影。

驚人浩大的淡綠氣流裹在雙刀上，帶領著它們不斷扶搖直上。

原先一心攻擊獵人和傭兵的泥巴怪物在這一瞬齊齊轉頭，看向了夜空的月亮，不約而同地發出尖銳的喊聲。

它們彷彿忘記身邊的敵人，如綠色潮水瘋狂往月亮所在之處擁去。

「怎麼回事？它們怎麼了？」加雅傭兵錯愕大吼。

「不知道！鐵定有事情發生了，快跟過去！」他的同伴連忙拔腿追在後面。

眾人即使不明緣由，也能猜出鐘樓那邊一定有他們預料不到的異況出現。

強風裹著雙刀直逼銀月，就在刀尖觸及月亮的剎那，瓦爾西鎮產生了瞬間小幅度的震動，狂烈的氣流也一併吹開了簇擁月亮的霧氣。

沒了白霧遮擋，月亮暴露出完整形態，只見一顆碩大圓潤的銀白月亮懸在鐘樓上。不，說是月亮，倒不如說更像是一顆銀白色的巨大珠子。裡頭好似盛載著液體，水面上飄浮著一抹翠碧色的龐大人影。

「那是……那是什麼！」目睹此景的冒險獵人失聲大叫。

「是人！好大的人！」珊瑚瞪圓了眼睛，「為什麼月亮裡會有人？」

珍珠心思細膩，猜出更深一層，心想或許那就是偽神的本體。

「汝豈敢——」偽神憤怒咆哮，它巨大的身軀以驚人的速度瓦解，落下的綠霧一沾及地面、屋頂，即刻化成綠泥怪物。

泥人的數量馬上翻了幾十倍，它們全都挾裹著驚人的殺意，一波波地衝向了翡翠。

翡翠一落回原地，就看見蜂擁而來的敵人。它們重重疊疊，像是把彼此當成踏腳石，爭先恐後地攀上了高牆，爬上了屋頂，不停地縮短與他的距離。

從猝然轉變的局面來看，翡翠確信自己的推論沒錯，攻擊月亮果然有效。

目擊全程的瑪瑙和珍珠也迅速想到同一處，月亮就是他們破局的重要關鍵。

「去幫惠窈！」珍珠對著自己的兩名同伴高喊，「他需要人幫忙！」

「他也需要妳的幫忙。」低沉冷淡，像缺乏人性的男聲冷不防進入珍珠耳內。

珍珠的身子猛然一震，藍眼睛裡染上震愕。

她記得這個聲音，她不會認錯這個聲音。

「斯……斯利斐爾!?」珍珠素來平和的聲音出現強烈的起伏，她不敢置信地看向飛至她面前的光球。

「斯利斐爾？在哪裡？」珊瑚沒漏聽珍珠的失聲叫喊，她震驚地四下張望，「不可能啊！他不是已經……」

翡翠無暇去質問為什麼斯利斐爾要在這時自曝身分，他抓住回至手上的雙刀，望著距離他太過遙遠的龐大月亮，眼內不見挫敗，只有越燃越熾的決心。

銀月對他們來說無疑是遙不可及。

但他必須上去，要到最靠近月亮的地方。

「斯利斐爾，我得想辦法。」

「在下正在替您想了，您大可以不用轉動您那顆空洞的大腦。」

珍珠聽不見斯利斐爾和翡翠在腦中的交談，但她可以感覺到，面前的光球在「看」著她。

「你爲什麼……你不是……」珍珠的大腦一片混亂，總是有條不紊的思緒這一刻像凌亂纏繞的毛線球。

「時間有限，他需要妳的幫助。」斯利斐爾沒有回答珍珠的問題，只是平靜地截斷她的話，「他需要妳送他上去。」

「他？惠窈嗎？」珍珠腦中反射性浮上那個名字，「那個人究竟是……」

「妳必須繼續跑，別停下。」斯利斐爾還是沒有回答珍珠的追問，他驟然拉升高度，一下就消失在珍珠眼前。

珍珠將來到嘴邊的喊聲嚥下，照斯利斐爾的要求一路往前跑。碰到建築物沒有延伸出去，她就從屋頂滑下，改在街道上繼續狂奔。

她不停地展開結界抵禦企圖逼近自己的敵人，可明明體力還沒到極限，腳下卻不知爲何開始變得沉重。

不只珍珠有這種感覺，就連其他人也發現自己的雙腳像被套上無形枷鎖，拖慢了他們的速度。

翡翠也發覺到不對勁，他直覺往身下看，但什麼異常也沒看見。

他沒看見，珊瑚卻眼尖地發現到了。

「惠窈，你的鞋子底下有毛！白色的毛！」追在翡翠後方的珊瑚連忙扯著嗓子喊。

翡翠猛地煞住腳步，抬腳一看，果真瞧見細細的白絲從鞋底鑽出來。他頸後寒毛不禁豎起，這光景令他想到滋生的菌絲。

但如果只是從鞋子鑽出還好，只要不是從體內……翡翠表情驀地扭曲一瞬，他不敢置信地瞪向自己的手背，極細的白絲在他的皮膚外晃動，像在刷著存在感。

「這是什麼！」翡翠試圖扯拽，但皮膚下傳來的刺痛讓他驚悚地意識到一個事實。

這些白絲眞的是從他體內冒出來的。

「爲什麼會長出這些？」翡翠檢查另隻手，驚恐地發現上面也有。他閃過一個不祥的預感，立刻轉過頭，「珊瑚、瑪瑙，你們沒事吧？皮膚上沒長出什麼吧？」

瑪瑙看了一眼手上不知何時竄出的絲狀物，金瞳毫無波動。

「噫啊啊！這什麼……好討厭啊！」一經翡翠提醒，珊瑚發現自己手上也長出怪東西了。

僞神的聲音來自四面八方，像無所不在。

「在汝等未知覺的時候早已吸入吾的殘渣，如今它們已深入汝等體內。停下反抗，汝等還能保留一絲尊嚴地與吾合而爲一。」

「長出這玩意還叫保有尊嚴？」翡翠將雙刀變爲長槍，一槍捅穿了綠泥怪物身軀。他不再理會身上的異狀，果決地奔向離月亮最近的地方。

可沒過多久，翡翠就發覺腳下重量倏地減輕了。還沒等他查看，就聽見身後珊瑚的連聲催促。

「別停啊！珊瑚大人會幫你燒掉那些醜不拉嘰的白毛！」

「珊瑚妳眞棒！」翡翠頭也不回地扔出誇讚。

「你聽、你聽，珊瑚大人被稱讚了耶！」珊瑚只覺心裡甜滋滋，像被灌了一大瓶蜂蜜，忍不住就想向瑪瑙炫耀。

「妳連人家的敷衍都聽不出來嗎？可悲。」瑪瑙冷笑了一聲，「他才不是眞的想誇妳。」

「胡說！他就是在誇我！」珊瑚氣得連火都不想往瑪瑙那邊扔了。

「斯利斐爾，其他人也有像我一樣的狀況嗎？桑回呢？」翡翠聯繫起另一端的眞神代理人。

按照僞神的說法，他們最可能中標的原因應該是吃過鎮內食物這件事。

但桑回在外都化成羊形，鎮民不會招呼他吃東西；回屋裡也僅靠自己帶來的乾糧補充體力。

既然如此，桑回應該不會有事……

翡翠的猜想在下一秒被推翻。

「他同樣也長出那些白絲了。」斯利斐爾傳來回覆。

「怎麼會？」翡翠一時啞然。

居然連桑回都中招……那個僞神究竟是怎樣讓所有人都吸收到它的殘渣？

翡翠下意識又瞄了一眼手上的白絲，它們細小柔軟，隨著氣流拂動著，就像街上四散的那些霧絲。

……等等，那些霧！

電光石火間，一個答案躍出翡翠腦海。

那些在叢林間出現，在街道上出現，在教堂內出現，彷彿無所不在的霧絲……

啊啊，如果是這樣的話，怪不得僞神會說他們早在不知不覺中吸入。

他們再怎麼防範，也防不了那些無孔不入的霧氣。

翡翠忍不住更加擔心起沒和他們在一起的珍珠。

「你和珍珠那邊沒問題吧？」

「在下會確保她的安全，您只要放手去做您想做的事即可。」斯利斐爾給出了允諾。

此時的珍珠已經與翡翠等人拉開更大的距離。

她感覺自己的肺部像有烈火在焚燒，好像隨時會負荷不住而炸裂，就連兩條腿也漸漸沉重得不再像是自己的。

可即使如此，珍珠也不願停下。

她必須要繼續跑，她要去幫助瑪瑙、珊瑚……還有惠窈！

「珍珠！」清澈如水的男聲突然落下，一隻手臂緊跟著從旁探出，抓住珍珠的胳臂就將人一把往上拉。

在珍珠還沒反應過來之際，人已落坐在桑回的羊背上，後方是紫羅蘭偏涼的身軀，一旁則是將一人一羊帶到這邊來的斯利斐爾。

「坐穩了！」桑回全速衝刺，像條迅疾的閃電在街道遊竄，羊蹄下的白絲剛要黏附住地面，就被粗暴扯斷。

最後在桑回的一個奮力跳躍下，他們來到另一排建築物的屋頂上，翡翠等人的身影同時納入眼內。

桑回放下珍珠和紫羅蘭，一抖身恢復成人形模樣，「我負責守住……咳咳咳咳，下面。」

「我和你一起。」紫羅蘭手指一翻轉，寒冰凝出一把利劍被他握於掌中。他和桑回跳下屋頂，一同嚴防著泥人的逼近。

即使白絲牽制著他們的速度，可紫羅蘭也同樣讓那些泥人難以動彈。銀白冰霜迅速從他的腳下往前蔓延，將一雙雙的腳凍封在裡面。

桑回的步子看似緩慢，但往往下一個眨眼，人已鬼魅般欺至敵人背後。筆刀銀光一閃，被割出偌大裂口的脖子立刻撐不住上方的腦袋。

有了下方兩人的掩護，珍珠舉起彷彿由冰晶鑄成的雙生杖，增幅放出自己的魔力。能讓人立足的淡白色光板立即在翡翠前方展開，爲他闢出新生的道路。

翡翠精神一振，毫不遲疑地全速跑上了光板。

瑪瑙和珊瑚緊追在後。

隨著最後的珊瑚後腳抬起，底下的白光立刻消逝，而翡翠前方則迅速再新增一片。一片一片又一片，柔和的潔白光板有如光之階梯不斷往上延展。

他們和月亮的距離不停在縮短，越來越短，變得更短。

直到來到最合適的高度，翡翠腳下猛然蹬地，膝蓋彎曲，用盡全力地高高躍起，身子拉伸出一道柔韌的弧度。

「住手！住手！」僞神的聲音失了冷靜，尖銳的咆哮像要晃動整個世界，「汝將受到吾的懲戒，神罰將落至汝的身上！」

「那也要三分鐘後對吧，我只要三十秒就夠了！」翡翠挑釁一笑，長槍脫手疾射，撕開重重夜氣，迅雷不及掩耳地直達銀白色球體。

刺穿，然後貫入。

十秒。

多條細窄的裂縫瞬間向四周散開。

但僅僅這樣不夠，絕對還不夠。

「瑪瑙、珊瑚！」翡翠的喊聲貫穿夜色，「惡化它！燒了它！」

瑪瑙很確定自己不曾在翡翠面前展現眞正能力，比起質疑對方爲什麼會知道這個祕密，他的身體反而先有了動作。

簡直就像是一種本能反應。

白髮男人不假思索地握著羽刀往空中一劈，大股螢白光點霎時如噴泉湧出，一口氣全注入了月亮的裂縫內。

二十秒。

「全部都看——珊瑚大人的吧！」珊瑚的眼眸和笑容閃動野性，雙生杖的杖端噴吐出威勢滔天的熊熊焰火。

赤焰順著擴大的縫隙一口氣鑽進了月亮內部，粗暴無情地蹂躪一切。

縱使在規則的保護下，唯有尖銳的金屬才能破開僞神本體。但只要撕開一抹裂縫，月亮內部就再也抵擋不了來自魔法的攻擊了。

三十秒。

月亮發出尖長的悲鳴，表面上的裂痕越迸越多，轉眼就像蛛網遍布其上。裡頭則是焚火瘋狂肆虐，如同岩漿沸騰翻滾。

綠泥怪物一個接一個嘩啦啦潰散。

鎮上震幅更大，小鎮街景甚至出現模糊散亂景象，彷彿將要維持不住樣貌。

底下的人們連忙穩住身勢，不讓自己跌得東倒西歪。

翡翠、瑪瑙和珊瑚沒有在高空逗留，攻擊完成，馬上踩著珍珠製造出來的光梯往下跑，成功跳躍到離月亮最近的鐘樓屋頂上。

烈火將月亮吞沒成一顆碩大火球。

驚人的火勢照亮了整座小鎮，本該是黑夜的島上登時亮如白晝，映亮一張張震驚茫然的臉。

那是如此壯觀震撼的光景。

隨著火焰燃燒到最後，赤艷的色彩消失殆盡，令人想到巨大珠子的月亮終於劈里啪啦全數碎裂，碧色的人影從中墜落下來。

人影在掉落的過程快速地由大變小。

翡翠甚至做好了搶過瑪瑙的羽刀，一刀射穿人影的準備。可沒想到一道熟悉無比的無機質聲音冷不防刺入他的腦海，讓他瞬間繃直了背脊。

「世界任務重新……重新……重新啓動。」

那是世界意志的聲音。

世界意志繼續宣告，「啓動成功，任務發布，請立刻將眼前的神之擬殼抓住，吸收殆盡。」

神之擬殼？那又是什麼？

疑惑剛閃過翡翠腦中，眼看碧色人影就要自他面前墜落，刻不容緩間他的身體率先往外撲了出去。

「惠窈！」珊瑚大驚失色，像出柙的小獸往前衝，可有人比她更快，「瑪瑙！」

翡翠一把抓住碧色人影的一條手臂，被那下沉的重量扯得一起往下墜。

沒眞的掉下去是有另一隻手抓住他，力道大得像能捏碎他的手腕。

翡翠沒有扭頭看是誰拉住自己，他瞠大的眼眸全被碧色佔領。

他以爲自己抓住的是個人，可沒想到那人就像是由翠碧的結晶凝成。

在他手指扣上對方手腕之際，那些流光璀璨的碧色宛如化成流動的液體，瞬間全沒入他的指尖。

隨著綠晶的消失，視野內僅餘一顆頭顱大小的銀白圓珠，光潤的外表令人想到貝類產出的珍珠。

沒了那些碧晶，圓珠也失去和翡翠的連繫，直直地往下掉，最後在路面上砸成一地碎塊。

當清脆聲響響起，瓦爾西鎮的景象跟著支離破碎。

天空、地面、屋舍、綠泥，這個鎮上所有一切都在支離破碎，盡數成了泡沫蜃影。

無論是待在高處的翡翠他們，或是地面的獵人與傭兵，都隨著小鎮的崩壞而一塊往下墜。

同一時間，翡翠聽見了另一個聲音。明明是那麼微弱，卻又穿過周遭的吵雜，清晰有力地穿透進他的耳中。

「喀噠」一聲，像是……

像是箱子的鎖頭彈開，開啓了一條小小的縫隙。

不知通往何處的虛空中，飄出一小串如同流螢的光點。它們在破碎的虛影中徐徐飛舞，飛向了唯有它們才知道的目標……

「瑪瑙、珊瑚、惠窈！」

珍珠極力伸展著手指，想要再召喚出足以保護他們的結界，可指尖處的微光閃爍幾下，隨後就像被風吹過的火苗而熄滅。

縱然她能輕易運用大自然中的元素，體內儲存的魔力卻是有限的，她只能看見他們彼此間始終隔著一段距離。

珍珠心急如焚，接著竟發現珊瑚不知何時閉上了眼，像失去意識。

「珊瑚！」珍珠心頭一緊，卻驚覺眼前的一切都在變得朦朧。即使她拚命強撐著，眼皮仍舊不受控制地往下掉。

珍珠不知道一串串光點如流螢鑽進了她的體內，不知道就連瑪瑙和珊瑚也受到光點的入侵。

瑪瑙撐得比他的兩名同伴要久一些。

他牢牢抓著綠髮青年的手腕，彷彿手指全吸附在對方的皮膚之上，無論是誰都無法將之剝離。

他不知道自己爲什麼要這麼做，自從碰上這個人，他的身體總是違反意志地擅自行動。

而當瑪瑙察覺到珍珠和珊瑚忽然都沒了動靜，一股強烈的睏倦之意也席捲上來。

他咬緊牙根，甚至嚐到嘴裡的一絲血腥味，卻依然阻止不了自己神智渙散。

他不只感覺自己的身體在下墜，就連意識也在往下墜。

他以爲會墜入不見五指的深淵。

卻在跌進黑暗的同時，看見黑暗一道道地剝落。

就像是狂肆的暴風將終年徘徊不去的迷霧撕裂、蹂躪、吹散，隱藏在後的景象終於重見天日。

他看見了星光爛漫，月色溫柔地照耀下來。

那是他的燈塔、他的歸途、他的家，他的……

淚水溢落中，有誰這麼喃喃低語。

「翠翠？」

那是瑪瑙自己發出的呢喃聲。

第12章

「哎呀？」

那是一個年輕男人的聲音，開朗爽俐。

令人想到午後的陽光、冬日的火爐、風雪中的暖黃燈光，那些溫暖又美好的存在。

但翡翠卻看不清那人的相貌。

他明明大睜著眼，可映入眼中的影像卻是模模糊糊，只能看見一個大致的輪廓站在他身前。

「又是奇蹟般的夢境連結呢。」那人朝他微俯下身，態度親切得像在對待老朋友，「這次只有吾。吾很高興能再見到你。不過……你的靈魂染上別的顏色，不再是最適合的了。」

即使瞧不真切，翡翠卻能描繪出那人揚起的笑意中似乎帶著幾分惋惜。

翡翠用力地眨眨眼，試圖想看得更清楚，然而眼前的人影卻開始淡去。

「夢要結束了，你該醒了。」男人溫和地說，他的一切都消融進擴大的光暈中。

隨著最後一點痕跡被光暈吞沒，翡翠想起來了。

那是羅德在對他說話。

這個世界的神在對他說話。

刺眼的光線冷不防落入翡翠微睜的眼內。

翡翠不自覺地眨眨眼，當他反應過來自己瞧見的赫然是藍天時，整個人猛地彈坐起來。

他以爲自己應當身處黑夜，卻沒想到不知不覺已迎來白晝。

放眼望去，到處是人們橫倒的身影，數量卻比決戰時剩下的多太多，不遠處還有幾人的衣物布料白得像是能反光。

翡翠迷茫了一瞬，才反應過來那幾人竟是在瓦爾西鎮邊界相遇的晨光冒險團。

——本該變成沙的晨光冒險團。

翡翠站了起來，吃驚遙望著那些東倒西歪的人影，對他們的身分也有了一個答案。

那些都是在入鎮時違反規則化成沙粒的冒險獵人或傭兵，他們沒有真正地消亡在這個地方。

唯一消散的只有那座古怪的瓦爾西鎮，如今環繞在他們周邊的是寬敞廣大的凹地。

翡翠不自覺往後退了一步，卻撞到一個硬物。他回頭一看，這才發現身後矗立著一塊灰黑色巨石，石頭表面異常光滑，被日光一照，還透出金屬般的光澤。

翡翠剛想跳上巨岩，好藉著高度來尋找小精靈們的身影，光球形態的斯利斐爾已冉冉落至他面前。

「瑪瑙他們在您的右手邊，他們只是昏過去了。」

翡翠飛快跳下，三兩步跑過去，直到親眼確認他們安然無恙，緊繃如弓弦的神經才總算鬆緩不少。

「紫羅蘭和桑回呢？」翡翠立刻又想起另外兩位同伴。

「他們也無事。」斯利斐爾說。

「那就好……」翡翠鬆了一口氣。

放鬆下來，翡翠就感到自己頭疼欲裂，彷彿有無數的針凶猛地戳刺著。

他疼得倒吸一口氣，腦中忽地閃過斷續的畫面。

無垠的夜空中忽然墜落一點碧色，它直直地掉入一座荒蕪海島上，被蟄居在那的魔物連著泥沙吞沒進去。

異物的存在讓魔物體內不停分泌白色物質，將異物連著自己的核心一同包覆進去，日積月累下成了一顆圓潤光滑的銀白珍珠。

珍珠不住增長，魔物的體型也像受到影響般一併增長。

隨著時間流逝，魔物長成驚人的龐然大物。然後它張開一直緊閉的硬殼，先是徐徐吐出陣陣白霧，再將珍珠吐至高空。

更多絲絲縷縷的霧氣從魔物體內釋放出來，部分圍繞在珍珠周圍，部分向下堆沉。霧氣裡出現模糊的影子，它們漸漸變得凝實，最末化作眞實。

瓦爾西鎮和它的住民一同誕生了。

魔物本能地想要更多力量，它設下陷阱，誘使獵物前來。

加雅城主派來的護衛隊就這麼成了不幸的犧牲者。

魔物也懂得篩選獵物，觸犯規則的變成沙淘汰，慢慢與小鎮融爲一體，壯大這個地方。留下的獵物中，擁有強悍健康肉體的人則被選爲新娘。

或者說苗床。

苗床吸收養分，壓榨出更精純的能量，轉化成綠色光芒，被懸掛空中的核心吸收……

最後，這些畫面都如同被風吹開的雲霧般散去。

等到疼痛跟著消緩，翡翠張口結舌，對自己方才見到的畫面充滿疑惑。

那個魔物怎麼看……分明就是蛤蜊吧。

不管是煮湯或炭烤都超級好吃的蛤蜊吧！

把他們一群人搞得這麼慘的原凶，居然是一顆超大蛤蜊嗎！

翡翠一把抓住空中的斯利斐爾，一股腦地把自己先前所見的東西都傳遞給對方。

「……是月之蜃。」斯利斐爾不愧是值得信賴的百科全書，立時辨認出魔物的身分，「在海中待至成年就會上岸生活的魔物，通常會找個陽光充足的地方待到老死，只要一點水分就能存活。噴出的霧氣能夠製造幻境，吸引獵物自投羅網。」

「這聽起來……跟我們那邊的蜃妖挺像的啊。」翡翠喃喃地說，「幻境、海市蜃樓，整個小鎮都是它搞出來的。所以它吞的那個綠東西，是世界意志說的神之擬殼嗎？

神之擬殼又是什麼？」

「是眞神入世時須要的軀體。」斯利斐爾說。

翡翠霍地轉頭看著斯利斐爾，「你不會要跟我說，就是類似肉身的概念吧？」

「您要這麼理解也可以。眞神的力量過於龐大，直接以神體入世，法法依特大陸會承受不了而破滅。因此祂們每一次降臨到大陸上，都會準備一具擬殼，由高濃度能量結晶凝成。」

「都會準備一具……意思是有很多具？」

「在下很高興您聽懂了。神之擬殼是淘汰性的，縱使是用高濃度能量結晶製造，但短暫盛載過神的意志後便會耗損。只是那些擬殼存放在何處，在下並未接收到這份資料。」

「爲什麼？既然是能量的話……」

「那種能量和您反饋給世界與眞神的能量不同。另外，月之蜃現在就在您後面。」

斯利斐爾無預警砸下一道驚雷。

「什麼!?」顫慄竄過翡翠後頸，他猛地轉過身，只見前方最突兀的存在只有那塊灰黑色巨岩，「所以這個就是……」

「核心已被破壞殆盡，這垃圾早沒有生命跡象，留下的只是空殼，您大可以放心接近。」斯利斐爾說道。

「你幫我顧著瑪瑙他們，我去看看。」雖說斯利斐爾給出保證，翡翠還是忍不住抓著長槍謹慎接近。他先用槍尖戳了戳，果然沒得到丁點反應。

他仔細地端詳那顆和石頭沒兩樣的大蛤蜊，終於發現中間的確有一條緊閉的細縫，那是兩扇貝殼的交接處。

翡翠一個使勁，以槍尖挑開密合的月之蜃，上半貝殼頓時應聲彈開，露出裡面的滑膩貝肉與貝柱。

奶白色的貝肉還沾著濕潤的水光，在日光下閃閃發亮。

翡翠呆呆站在月之蜃面前，腦中瘋狂跑過一串蛤蜊相關菜單。

他這輩子第一次看到這麼大的蛤蜊，要是一口氣吃完，估計會痛風吧……但也絕對是幸福的痛風啊！

要不是理智尚在，翡翠的口水恐怕已控制不住地淌下。

任何熱愛海鮮的饕客看見這顆巨無霸蛤蜊，哪能抵擋得住。

當然是先生火烤了吃！

翡翠也是這麼想的，他差點也這麼做了，然而斯利斐爾冷若嚴冬的嗓音就像一盆冰塊淋得他全身一抖。

「您何時才要把『海鮮過敏』這幾個字刻在您的身上？」

「但……但那麼大的蛤蜊耶！」翡翠做著垂死的掙扎，「而且我吃下去的話，其實也不會死嘛。」

「對，只是會痛苦得半死。」斯利斐爾無情地說，「您確定想聽在下把所有可怕的後遺症列給您嗎？」

「……不，還是……算了吧。」翡翠從斯利斐爾的語氣中嗅到一絲幸災樂禍的意味，那代表著他吃下去的下場會很慘很慘。

要不然，只偷吃一口？也許只會有一點點慘……

翡翠的天人交戰才展開片刻，就被身後陸續冒出的呻吟聲打斷。他立即回頭，看見躺在地上的人們接二連三地睜開眼，一臉迷惑地東張西望。

翡翠的視線沒在那些人身上停留太久，他馬上轉向了繁星冒險團的方向。

瑪瑙、珍珠和珊瑚正跟著轉醒，他們撐起身子，眼裡還殘留著未褪的茫然。可是當他們發現了翡翠，他們的目光猛地全鎖在他的身上。

三雙眼睛簡直像連眨眼都忘記，眼珠子一動也不動，眼中只映著翡翠的身影。也只有翡翠而已。

三人的模樣看起來似乎不大對勁，翡翠心中生起擔憂，剛往前走了幾步，便看見珊瑚和珍珠身子一震，好似要猛然起身，卻又硬生生地煞住。

她們眼底燃起焰光，視線攫著翡翠的一舉一動，宛如貪婪的野獸緊盯唯一的獵物。

翡翠的憂心更甚，他試探性地喊了一聲，「瑪瑙、珍珠、珊瑚？」

那一聲打碎了空氣裡的凝滯。

乍一聽到翡翠喊出她們的名字，珊瑚和珍珠猛然像被解除了禁制，她們雙雙往前一撲，力道之猛烈，甚至將翡翠撲倒在地。

她們緊抱著翡翠不言不語，身體出現劇烈顫抖，直至翡翠擔憂的第二聲詢問落下，她們這才冒出了一點聲音。

先是細碎的哽咽從咬緊的齒縫間逸出，接著就像潰堤衝出的洪水，一發不可收拾。

「翠翠！翠翠！嗚哇啊啊！」

珊瑚抱著翡翠嚎啕大哭，淚水一下浸濕了他的衣襟。

珍珠則像受傷小動物般緊依偎在翡翠身邊，手指緊攥著他的衣角，淚水同樣掉個不停。

她們不斷喊著翡翠的名字，像要將浮空之島那一夜的悲慟絕望盡情發洩出來。

「翠翠……」

「是眞的翠翠！」

「翠翠沒死，你還在這裡！」

「對不起、對不起……嗚啊啊！珊瑚大人怎麼可以忘記你？珊瑚大人太壞了……」

「翠翠會一直留在我們身邊了，對不對？」

珊瑚哭得上氣不接下氣，她吸吸鼻子，發出好大一聲擤鼻聲，還不小心冒出了一個鼻涕泡。

珍珠用力眨去眼淚，她拆下髮帶，一心一意地綁縛在翡翠的手腕上。

爲什麼會忘記他？

爲什麼會到現在才回到他們身邊？

這些問題都被兩名少女拋諸在腦後，此時此刻，唯有眼前之人的眞實存在才是最爲重要的。

相較於珊瑚和珍珠激動的情緒，瑪瑙卻仍待在原地不動，臉上表情一片木然。

翡翠以爲瑪瑙或許還是對自己生疏了，失落漫淹他的心頭，可下一秒他就看見剔透的淚水自瑪瑙眼中溢落。

那名如今外表甚至比自己還成熟一點的俊美男人不停落下淚。

他的眼眶一下變得通紅，就連眼尾也染上一層紅，臉上還帶了點茫然，眼底瀰漫著水氣和微弱的希冀光芒。

他坐在那裡不動，就像迷路許久的孩子終於見到最重要的家人，卻突然間不敢上前，深怕自己眼前所見不過是臆想出來的幻覺。

他的哭泣如此安靜，一串串淌落下來的淚水如同斷了線的珍珠。

「翠翠……你為什麼現在才回來？是不是我不夠乖？我已經……我已經變得很乖了……」瑪瑙一句話說得顛三倒四，眼中浮現惶恐，「不對，我變壞了……我那樣對你，我……別丟下我，我會聽話，我會很乖很乖的……」

那脆弱的模樣讓翡翠的一顆心頓時揪得緊緊，他摸摸珊瑚和珍珠的頭，再用力回抱她們一下，接著一個箭步撲向了瑪瑙。

「就算不乖也沒關係，瑪瑙一直都是最好的！」翡翠將比自己高的瑪瑙抱得緊緊。高大的身影猶如最溫馴的野獸，將他的腦袋擱在翡翠頸側。就算這樣會讓他的姿勢彆扭，他也執拗地依附不放。

珊瑚用手背粗魯地擦去眼淚，看見瑪瑙被翡翠主動抱在懷裡，氣得直磨牙，「啊啊，瑪瑙果然最討厭了啦！」

「這次同意，真的好討厭哪……」珍珠吸吸鼻子，拿出手帕將臉上的淚痕一一抹去，抬眼看向了守在另一側的銀白光球，「斯利斐爾？」

「是在下。」斯利斐爾坦承。

「所以那時候果然沒聽錯，真的是斯利斐爾！」珊瑚彈跳起來，將斯利斐爾抓到自

己懷中。她沒辦法抱翡翠，乾脆就將斯利斐爾抱得緊緊，「珊瑚大人沒作夢吧，你和翠翠……你們都是真的？」

換作平常，斯利斐爾早掙脫珊瑚的箝制。這女孩老是不懂控制力量，行事又粗魯。但這一次，他只是忍耐般地輕嘆一口氣，任憑珊瑚抱著不放。

「為什麼我們會忘記翠翠呢？」珍珠輕聲呢喃，「不只我們……可是思賓瑟沒有，依紫羅蘭和伊斯坦先生與翠翠熟稔的程度，應該也沒有……」

「在下建議等你們真正冷靜下來後，再與在下的主人好好聊一聊。」斯利斐爾的忍耐沒有持續太久，在被珊瑚第十次用力捏成奇怪形狀後，他不客氣地撞開珊瑚的手指，迅速飛至空中。

「嗯，我明白了。」珍珠看著翡翠腕上的藍色髮帶，感覺自己的一顆心稍微有了著落。她聽見另一側傳來接近的腳步聲，側過頭一看，發現是桑回和紫羅蘭找過來了。

大多數人都沒留意到他們這個小角落，他們正沉浸在劫後餘生與同伴失而復得的狂喜中，大笑聲和激動的叫喊聲不斷。

見瑪瑙抱住翡翠不放，桑回和紫羅蘭先是露出錯愕，旋即不敢置信的猜想浮現。

難不成……

「紫羅蘭、伊斯坦先生，你們得等一下了，瑪瑙抱翠翠可能還要抱很久。現在的瑪瑙，大概就像一年沒見到肉骨頭的狗一樣，翠翠眞該爲他買個項圈和鍊子。」珍珠揚起淺淺的笑。

比起在意珍珠嘲弄瑪瑙，桑回和紫羅蘭更震驚的是那兩個字。

翠翠！

「你們都……咳咳，想起來了？」桑回有一瞬的恍惚。

「醒來後就想起來了。」珍珠點點頭。

桑回和紫羅蘭對視一眼，他們想的是南大陸其他人會不會也跟著都想起翡翠了。

翡翠終於注意到桑回和紫羅蘭，他還沒拉開瑪瑙，後者就先主動鬆手，還體貼地幫他撫平衣上被自己壓得凌亂的縐褶。

低頭對翡翠露出堅強又透著脆弱的微笑後，瑪瑙站到了他身後，在面對他人時，臉上瞬間變回了面無表情。

那笑容看得翡翠心疼無比，決定回去再多補幾個抱抱給瑪瑙。

「翡翠，你身體還好嗎？」紫羅蘭沒忘記翡翠將那層詭異的綠色都吸收了，「要不要先吃點我的手臂內側……」

「不用！」翡翠頭皮一麻，急忙嚴正拒絕。為了不讓紫羅蘭在這件事上糾纏太久，他將自己透過偽神殘體所見到的畫面都說出來。

紫羅蘭果然忘了先前的堅持，他蹙攏著眉，身為海族的他對於月之蜃相當了解，「原來是它造成這一切……但如果是這樣，翡翠你確定你的身體真的沒問題嗎？」

「嗯？很確定。」翡翠不明白紫羅蘭為什麼這麼問。

「月之蜃為了確保獵物在它吸收完之前能維持健康，會吐出由它部分內臟轉化的蜃氣，讓獵物吸入……」紫羅蘭話說到一半，藍眸倏地大睜。

不僅紫羅蘭，包括桑回也面露震驚。

「翡、翡翠，你的脖子！咳咳咳咳……還有你的臉！」

「怎麼了？我的臉和脖子怎麼了？」翡翠反射性要摸上臉頰，可手剛抬起，就換他神色產生劇烈波動。

他的皮膚上不知何時浮現烤網般的交錯烙痕，手腳都有，就連整片胸口也是，看起來相當怵目驚心。

翡翠見過類似的場景，那是他誤吃槐花魚的尾鰭發生的事，只是那時只有手臂出現症狀。

翡翠眼前頓時一黑，這不是形容他此刻的心態，而是他眼前真的黑了。

在翡翠失去意識前，他聽見斯利斐爾用一貫禁欲冷淡的聲音說：

「您重度海鮮過敏了。」

等翡翠再醒來，他震驚地發現他們正置身海上。

更精確的說法，是海上的巨型雙水龍蝦背上。

根據桑回的轉述，翡翠沒了意識後引起一陣兵荒馬亂。瑪瑙、珍珠和珊瑚緊緊抓著他不放，像最凶狠的護食野獸，誰也不能靠近。

還是經過斯利斐爾一番解釋，才總算將他們的情緒安撫下來。

但也決定不等加雅的船隻過來，直接提前離開海棘島了。

翡翠看看左邊右邊還有身後，覺得自家小精靈好像也沒被安撫到，依舊黏著他不放，就像被主人扔在家裡幾天結果產生分離焦慮的寵物。

翡翠逐一摸過三人的頭，瞥見自己皮膚上的紅紋還未消退，他不禁疑惑地問著斯利斐爾，「我醒來不是應該代表過敏退下了？」

「您作夢比較快，您只是暫時恢復意識，不用多久又會再度昏去。」斯利斐爾潑了冷水。

「那我繼續閉眼吧。」翡翠往後一躺，將瑪瑙當成了大型靠枕。

翡翠剛閉眼的剎那，腦中驟然又一次響起了世界意志的聲音。

「確認，神之擬殼獲得。宣告，法法依特大陸距離毀滅——尚有三百零二天，此後將無法再延長時程。」

翡翠用盡力氣才沒有彈跳起來。深怕被瑪瑙他們察覺不對，引來更多擔心，他極力裝成若無其事，心裡則是連連呼喚斯利斐爾。

「斯利斐爾，世界意志是什麼意思？不會眞的是以後不管吸收再多能量，都延長不了世界存活的時間了吧？」

斯利斐爾也陷入愕然，一時半會都沒有出聲。

世界意志的宣示尚未停止。

「確認，資料解鎖……確認，資料更新……」

大量的文字、影像瞬間如潮水湧上，沖刷進翡翠和斯利斐爾的腦海，那是關於神之擬殼的各種情報。

「載入完成……宣告，任務目標增加。請在未來的三百零二天內，收集更多神之擬殼，靜候眞神降臨。」

這一次，世界意志是眞的隱沒了痕跡。

翡翠心裡掀起驚濤駭浪，他不敢張開眼，以免被敏銳的瑪瑙和珍珠察覺到什麼。

「斯利斐爾，這究竟怎麼回事？爲什麼不能再延長時間了？斯利斐爾！」

「在下有在聽。」斯利斐爾終於發聲，「您知道之前世界重啓幾次嗎？」

「九十八……我沒記錯吧。」

「是的，九十八次，其中最長維持時間是五百九十三天。」

「等等，你不會是想說……」

翡翠迅速計算，從他第一次重生至今差不多十個月了。距離斯利斐爾說的那個時間點，還有三百多天，和世界意志給出的最後期限顯然沒相距多少。

「從來沒有一次重啓超過五百九十三天。時間一到，黑雪便侵蝕全大陸，世界只能迎向終焉。」

「那收集更多擬殼是要幹嘛？擬殼不都破損了嗎？收集那麼多是想……」翡翠的思緒驀地一頓，想到了世界意志的最後一句話。

靜候眞神降臨。

「要靠那些原料……重新拼出一個新的擬殼？」翡翠慢慢地說出他的答案，「迎接眞神的入世？」

「在下不認爲您的猜測有誤。」斯利斐爾分析所有線索，得到和翡翠同樣的結論。

但翡翠沒有因此茅塞頓開，新的疑惑浮上他的心頭。

翡翠不明白，爲什麼世界意志拖到這時候才要他們找擬殼？之前明明還有大把的時間，爲什麼要浪費……

「不過……你的靈魂染上別的顏色，不再是最適合的了。」

電光石火間，眞神曾在夢境裡訴說的話語掠閃過翡翠耳畔。他愣在原地，重新將那幾字翻來覆去地拆解。

不再是最適合的？那麼原本……是適合什麼？

意會過來的瞬間，翡翠當場出了一身冷汗，指尖甚至控制不住地發冷，緊接著又湧上一股慶幸。

假如換作尚未擁有小精靈陪伴的最初，他大概會毫不在意自己的結局。

但現在不一樣了。

爲了瑪瑙、珍珠、珊瑚，他重新有了活下去的欲望。

四個月前的那次死亡，誤打誤撞之下，讓他獲得了新生。

如果不是自己再度死去，又藉由碎星復活，他不可能擺脫得了眞神無形中賦予他的枷鎖。

神是慈愛，也是冷酷的。

神不只給予，亦會奪取。

世界意志之前不須要他們尋找擬殼，是因爲眞神一開始就已經有最適合的——

精靈王。

目送繁星冒險團等人坐上巨大的雙水龍蝦漸漸遠去，待在沙灘上的約翰冒險團不禁流露出艷羨的眼神。

這種能夠乘坐在東海皇族背上的殊榮，他們大概一輩子也享受不到。

「太令人羨慕了吧……我也想坐一次看看。」有人忍不住發出嘆息。

「那你得先認識海族，還得是皇族身分。唉，要是我們團長也爭氣點就好了……」另一人將哀怨的目光射向萊恩。

「喂喂，你們當皇族那麼好撈到嗎？有空在這抱怨，還不去幹點有用的事！」萊恩將自己團員訓了一頓，「在加雅的船過來之前，趕緊去四處晃晃，運氣好說不定能再發現什麼寶物。別浪費時間了，動作快！」

在萊恩的一聲令下，約翰冒險團的眾人迅速散開。

其他冒險團也是打著同樣主意，既然最高額的酬勞會落入繁星冒險團手中，那麼還不如把握機會，在島上探險一番。

至於加雅傭兵則是負責去回收護衛隊殘破的遺體，再統一焚燬，將骨灰和他們的遺物帶回加雅。

失去白霧環繞，也脫離月之蜃掌控的海棘島，此刻看起來平靜又祥和。蔥鬱山林遍布，間或能聽見啾啾鳥鳴或是動物發出的窸窣聲響。

萊恩和自己的弟弟一塊行動，他們重新走進林中，樹枝間見不到絲絲縷縷的霧絲垂掛，不管怎麼看，就只是一座普通的森林。

「趕緊讓我們找到一點好東西吧……」萊恩唸唸有詞，目光不住四下掃望。

「哥。」走在他身後的雷恩忽然喊了一聲。

萊恩轉過頭，迎面而來的卻是一塊覆上他口鼻的粗布，氣味怪異的濃烈氣體直衝他鼻中。

他的瞳孔猛烈收縮，眼底充滿不敢置信的色彩。他試圖伸手抓住自己的弟弟，手指卻失去力氣。

他所有的質問都沒機會說出口，瞪大的雙眼漸漸渙散，身體也慢慢地往下滑墜，最末在雷恩的冷眼注視下昏倒在地。

從森林另一邊走過來的狄蜜亞沒想到會撞見這一幕。

起初她以為這對兄弟又在玩什麼把戲，他們的團長和副團長有時會以整人為樂，說不定他們發現了她的存在，想故意嚇嚇她。

這念頭剛閃過狄蜜亞心中，下一秒就被完全推翻。

身材高壯的女獵人瞳孔收縮，臉上躍現震愕。

她看到雷恩的身高樣貌忽地起了變化，轉眼變成另一個截然不同的人。

他還穿著雷恩的衣服，卻已化成她從未見過的陌生人。

狄蜜亞的背後竄過驚慄，她立刻知道事情不對，二話不說朝那人舉鎚相向，可身後猝然傳來一陣劇痛。

「什……」狄蜜亞大驚，想要扭頭看清身後，可眼前已驀然一黑，身體像失去掌控，只能不受控制地朝前倒下。

「你也太大意了，千面，居然沒發現這女人在嗎？」留著鬍子的瘦小男人收起武器，「萬一她跑去告訴其他人，我們的任務很可能就要毀於一旦。」

偽裝成約翰冒險團副團長的千面收起指間毒針，「你以為我會讓這種事發生嗎？我都算好了，她逃不了的。去通知其他人，叫他們把捕獲的獵物都帶到集合點，過不久接應的船就會來了。」

「最好是都算好啦，那怎麼沒算到這一趟差點讓大夥把命都折在這裡了。」瘦小男人沒好氣地撇撇嘴，「媽的，根本是九死一生，幸虧我們命大……」

等到那人碎唸著離去，千面取出一枚小小的哨子，吹出的哨音彷若鳥類啼叫。

過沒多久，就有四道人影往這靠來，幫忙千面將地上的兩名獵人扛起。

不論是千面或他的同伴，都佩帶著一個不起眼的飾品，或是戒指、或是項鍊、或是胸針，上面皆有一枚小小的圖案。

唯有離得近了才能看清，那原來是一隻銀蛇銜著三片金葉。

千面大步走在最前，他臉上帶笑，眼底是火炬般的光芒，他手握成拳，將戒指抵上了自己胸口。

爲了永恆的榮光。

爲了偉大的榮光會。

尾聲

南大陸・加雅分部

五月的日光正盛，就連外觀冷硬漆黑的加雅分部好似也染上幾分暖意。

負責人之一的流蘇走到一間客房門前，屈指敲了敲，等到門後傳來一聲「請進」，這才開門入室。

床鋪上坐著一名貌美昳麗，甚至比窗外燦陽都還要明媚動人的綠髮妖精。

這人是桑回前幾天帶回來的，聽說是繁星冒險團的新成員，當時同行的還有一位東海皇族。

雖然才認識不到幾天，但流蘇對於翡翠的大無畏精神格外印象深刻。

沒想到會有人爲了能免費吃到三餐、下午茶、晚茶、宵夜，願意付出自己的肉體，心甘情願成爲他的試藥小白鼠。

「只有你一個？」流蘇訝異地看看房內周遭，還眞沒有其他人影。

流蘇會這麼問不是沒原因的。翡翠來到加雅分部的第一天，他可是見到繁星冒險團的三名妖精有多麼黏著這人不放。舉凡吃飯睡覺都要黏一起，就差沒有跟進去洗澡上廁所了。

翡翠伸手比了比上面，「那不是還有一個嗎？」

流蘇下意識仰頭一看，看見一團銀白光球浮在半空。縱使外表只是顆球，卻散發著普通的球絕對沒有的壓迫感。

想到這顆光球的身分，流蘇也覺得再理所當然不過。

誰也沒想到浮空之島一戰後，以爲殞落的斯利斐爾原來還活著，只是不知何故變成如今這副模樣。

「瑪瑙他們不在嗎？那跟你說也是一樣。」流蘇拉了張椅子坐在翡翠床邊，雙腿岔開，坐姿豪邁，「桑回有事要離開兩天，他要我幫忙傳個話，希望你們這兩天別亂跑，乖乖等他回來。也希望翡翠你這兩天可以冷靜冷靜，讓你們彼此間變成單純朋友的關係……唔嗯，原來你們還有複雜的關係嗎？」

「其實也沒有多複雜啦。」翡翠聳聳肩膀。

頂多是饕客與食材間的關係吧。

流蘇也不是熱愛八卦的人，沒有追問下去的意思，「他還要我這兩天給你少吃點藥，怕我會把你毒死……哎呀，這可眞是太沒禮貌了，我是那種人嗎！」

流蘇挑高銳氣的眉毛，對於同事質疑自己的能力感到有些不滿意。

「我覺得你就快是了……」翡翠氣若游絲地說。

雖說他是爲了能白吃白喝才犧牲肉體，但這幾天嘗試的藥劑比四個月前還要誇張。

當然，沒記憶的流蘇是不會知道這點的。

如今只有瑪瑙、珍珠和珊瑚恢復了對翡翠的記憶。

根據斯利斐爾所說，要讓記憶盒子完全開啓，一口氣釋放出所有封印的記憶，需要太過龐大的能量。

但若只將盒子開出一條縫隙，存放裡頭的記憶亦會慢慢滑出，回到擁有者身上。

對翡翠抱持越強烈情感的人，會越快恢復。

流蘇自然不屬於上述。

而流蘇四個月前讓他變出一條魚尾巴也就算了，這回居然是熟的、烤得鮮嫩酥軟的香香魚尾巴！

這他媽的太喪心病狂了！流蘇根本沒人性！

要不是紫羅蘭幫忙用繩子綁住他，他早就失控地抱著自己的大尾巴直啃。

「桑回的話我轉達完了，那麼……」

「應該不只這件事吧，你都拉椅子坐下了。」翡翠看著猶然紋風不動的粉髮男人。

「確實還有一件事。」流蘇沒有隱瞞，直接把話抖出來，「你們都是去過海棘島的人，我覺得該順便告訴你們一聲。」

「怎麼了？海棘島難不成又發生什麼事了？」翡翠呻吟一聲。

與月之蜃的決戰就已經夠累，不管是心靈或肉體，誰知道還會再牽扯到眞神。

如今再聽到「海棘島」三個字，翡翠只覺得不會有什麼好事。

斯利斐爾也從上空飛下來，靜靜停佇在翡翠肩頭，像在等待流蘇解釋。

事實上，還眞的不是好事。

「有冒險獵人失蹤了，暫時不確定跟海棘島是否有直接關係。」流蘇雙手環胸，聲音低沉地說，「人數高達四十人。你們是先回來的，自然不知道後來的事。有些冒險團想在海棘島多待幾天，有些則想趕緊回去，因此在船上也沒特意清點人數。」

「然後呢？」

「然後……」流蘇語調變得更低一些，「人就少了。第一趟和第二趟回航都沒人特別留意，還是加雅城主那邊發現的。有跑這趟委託的冒險獵人就算無功而返，還是能拿到一筆酬勞。雖然不高，但大部分都窮的冒險獵人不會錯過這種白拿錢的機會。」

翡翠設身處地想，換成自己肯定也會衝回去拿。那可是錢耶，可以買更多好吃的！

「您別想拿錢買吃的，您只能吃錢。」翡翠眉毛一動，斯利斐爾都猜得出這人在想什麼，犀利的話語立刻刺入他的腦海。

「沒聽到，我沒聽到。」翡翠一心二用，腦中敷衍著斯利斐爾，也沒忘記和流蘇對談，「也就是說，加雅城主發現有不少人沒去領，接下來就發現這些人失蹤了嗎？」

「對。」流蘇捏捏眉心，「失蹤是我們加雅分部初步調查出來的，都是整個冒險團不見蹤影。這問題不小，等桑回回來，我們幾位負責人會再正式詢問你們島上和離島後發生的事情一遍。」

等到流蘇離開房間，翡翠一把撈過想要飛離的斯利斐爾，把他抓握在自己掌間，一邊感受著那Q彈的觸感，一邊若有所思地喃喃自語。

「居然失蹤了？會是失蹤到哪去呢？」

神棄之地．地下碉堡

眞名爲沃克夏．雷頓的千面穿過了重重守衛，他的靴子踩踏在石板上，發出俐落響亮的聲響。

他的身後跟著數人，他們全都是剛由海棘島完成任務返回。

沃克夏敲了敲門，耐心地等候門扇開啓，他走了進去，在一名男人前屈膝蹲跪。

坐在上位的男人穿著一件繡有華麗紋飾的白袍，雪白的布料在燈光下折閃出低調奢華的光澤。

他支著下頷，姿勢隨意，一頭黑髮滑落在身側，末端纏著緋紅，宛若燃燒的烈焰。

沒人可以瞧見男人的完整相貌，他的雙眼被鮮紅布條蒙住，讓人難以判斷他的神態變化。

可即使如此，蹲跪在下方的沃克夏等人也能強烈地感受到落至自己身上的視線。

他們正「被看著」。

像看著微不足道的小蟲，漫不經心地瞥視，等待他們獻上能夠引起他注意的東西。

「共捕獲海棘島四十名冒險獵人，已成功運回，如今人都在一號室，注入的藥劑可以確保他們三天後才會恢復意識。」沃克夏謙卑恭敬地說，「就等大人您的命令。」

男人還是一聲不吭，這期間沒人敢出聲，就連呼吸也下意識地放至最輕。

沃克夏等人的頭和肩膀越來越低，就在他們感覺要被無形的壓力壓垮在地之際——

男人擱在扶手上的手指動了動，敲出輕輕的聲響。

那隻手修長冷白，像是精雕的藝術品，而戴在他食指上的戒指更是引人注目。

銀蛇蛇口微張，叼咬著三片金葉，紅寶石的雙眼好似也在牢牢緊盯下面的人不放。

沃克夏的冷汗不受控制地從皮膚滲冒出來。

然後他終於等到了上位者的回應。

「那就來重啓夜災計畫吧。」

眼上蒙著紅布的男人還是那副隨性的姿態，歪歪斜斜地靠在椅背上，戴著銀蛇銜葉戒指的手往虛空微微攏握。

他說：

「我們要爲這世界掀起一場暗色的災禍。」

《我，精靈王，缺錢！08》完

後記

又來到了~後記時間！

咳咳咳，上一集斷在那個地方，還有讀者說看得都想寄刀片了XD

大家要相信我，我眞的是一個甜文作者。

現在的虐，都是爲了以後的甜，看我眞誠的雙眼！

也可以看看這一集，小精靈們再度和翡翠重逢、也恢復記憶了，不就證明我沒騙你們嗎？

第七集是《精靈王》的一個重要轉折點，而第八集其實也是。

在這邊，翡翠變得更有血有肉，也會關心小精靈以外的人了。他漸漸把自己也當成這世界的一分子，對這裡產生了認同感。

從他對桑回的在意就看得出來，對方已經被他默認爲朋友，當然也還是無法放棄的

菜單後補XDDD

除了翡翠的轉變以外，尾聲的伏筆也是爲新的事件拉開了序幕。

失蹤的縹碧再次現身，他爲什麼要對小精靈出手？手上的戒指又代表著什麼意義？

這些，當然都是後面會陸續解答的。

話說《精靈王》系列的封面第一次由美少女擔綱，此處應有掌聲和撒花。

還是一次兩個，我們長大的珍珠和珊瑚超級好看的有沒有！

雖然瑪瑙沒一起，但是只要翻開拉頁，帥過頭的瑪瑙就出現在大家面前了。

夜風大眞的太會了，三位大精靈被她畫得好香，根本是香爆。

一打開圖完全捨不得關掉螢幕啊，沉浸在他們的美貌中無法自拔……

最後再來說說翡翠，精靈王前世的名字終於揭曉了！

雖然也有一些讀者已經從前面細節裡猜到。

就是曾經在「神使」裡短暫出現過的惠窈，惠先生的孩子~想不到這位也是位女裝

大師吧XDD

如果沒有看過《神使繪卷》也完全不會影響，如果對惠窈的學長姊們好奇的話，歡迎進入《神使繪卷》的世界（趁機再打廣告:D

那麼我們下一集見了～

有任何感想都可以在感想區告訴我喔！

醉琉璃

心得感想區 QR Code
歡迎大家上來分享唷！

我，精靈王，缺錢！

【下集預告】

重新回歸繁星冒險團的翡翠變得更忙碌了。
忙著安撫似乎患上分離焦慮症的大精靈，
忙著尋找標碧，還要忙著追捕落跑的債務兔！

世界任務再次發布，
尋找真神擬殼的途中，
翡翠發現了大魔法師留下的痕跡。
他們是否能藉機找到標碧的線索，
抑或是……被捲入更大的陰謀中？

〈所以我開始替神明收集替身〉

2022年國際書展，敬請期待！

國家圖書館出版品預行編目資料

我，精靈王，缺錢！/ 醉琉璃 著.
——初版. ——台北市：魔豆文化出版：蓋亞文化發行，2022.02
冊；公分.（Fresh；FS191）
ISBN 978-986-06010-7-7（第8冊：平裝）
863.57 111000439

fresh FS191

我，精靈王，缺錢！08

作　　者　醉琉璃
插　　畫　夜風
封面設計　莊謹銘
總 編 輯　黃致雲
發 行 人　陳常智
出 版 社　魔豆文化有限公司
發　　行　蓋亞文化有限公司
地址：台北市103承德路二段75巷35號1樓
電話：02-2558-5438　傳真：02-2558-5439
電子信箱：gaea@gaeabooks.com.tw
投稿信箱：editor@gaeabooks.com.tw
郵撥帳號 19769541　戶名：蓋亞文化有限公司
法律顧問　宇達經貿法律事務所
總 經 銷　聯合發行股份有限公司
地址：新北市新店區寶橋路二三五巷六弄六號二樓
電話：02-2917-8022　傳真：02-2915-6275
港澳地區　一代匯集
地址：九龍旺角塘尾道64號龍駒企業大廈10樓B&D室
電話：+852-2783-8102　傳真：+852-2396-0050
初版一刷　2022年 02月
定　　價　新台幣 270 元
Published and printed in Taiwan

ISBN 978-986-06010-7-7

FS191

我，精靈王，缺錢！

08

魔豆文化　讀者迴響

感謝您在茫茫書海中選擇了魔豆，您的支持是我們最大的動力。
不要缺席喔，讓我們一起乘著夢想的羽翼，穿越時空遨遊天地！

姓名：	性別：□男□女	出生日期：　年　月　日
聯絡電話：	手機：	
學歷：□小學□國中□高中□大學□研究所	職業：	
E-mail：		（請正確填寫）
通訊地址：□□□		
本書購自：　縣市　書店		
何處得知本書消息：□逛書店□親友推薦□DM廣告□網路□雜誌報導		
是否購買過魔豆其他書籍：□是，書名：		□否，首次購買
購買本書的動機是：□封面很吸引人□書名取得很讚□喜歡作者□價格便宜□其他		
是否參加過魔豆所舉辦的活動： □有，參加過　場　□無，因爲		
喜歡出版社製作什麼樣的贈品： □書卡□文具用品□衣服□作者簽名□海報□無所謂□其他：		
您對本書的意見： ◎內容／□滿意□尚可□待改進　◎編輯／□滿意□尚可□待改進 ◎封面設計／□滿意□尚可□待改進　◎定價／□滿意□尚可□待改進		
推薦好友，讓他們一起分享出版訊息，享有購書優惠 1.姓名：　e-mail： 2.姓名：　e-mail：		
其他建議：		

廣告回信 郵資免付
台北郵局登記證
台北廣字第00675號

TO：魔豆文化有限公司　收

103 台北市承德路二段75巷35號1樓

魔豆

魔豆

魔豆

魔豆